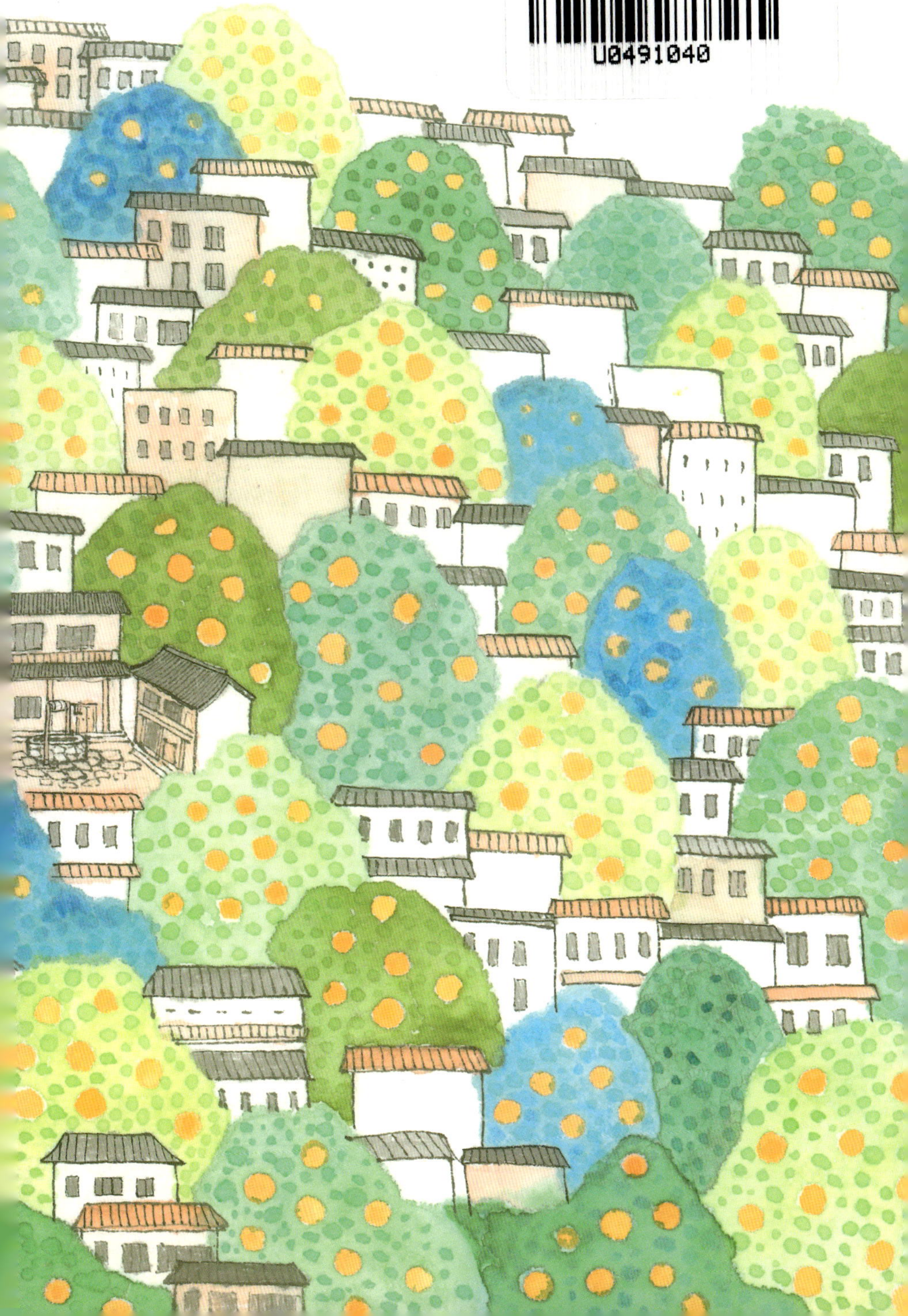

谨以此书献给
故乡大地

衢州市文化艺术发展专项资金资助项目

周华诚 著

金果谣
Golden Fruit Ode

浙江人民出版社

图书在版编目（CIP）数据

金果谣 / 周华诚著. -- 杭州 ：浙江人民出版社，2025. 4. -- ISBN 978-7-213-11911-8

Ⅰ．I25

中国国家版本馆CIP数据核字第2025WQ9251号

金果谣

周华诚　著

出版发行：浙江人民出版社（杭州市环城北路177号　邮编　310006）
　　　　　市场部电话：(0571)85061682　85176516
责任编辑：莫莹萍
营销编辑：陈雯怡　张紫懿
责任校对：陈　春
责任印务：程　琳
装帧设计：王　芸
电脑制版：杭州兴邦电子印务有限公司
印　　刷：杭州富春印务有限公司
开　　本：880毫米×1230毫米　1/32　　印　张：9.125
字　　数：132千字　　　　　　　　　　　插　页：5
版　　次：2025年4月第1版　　　　　　　印　次：2025年4月第1次印刷
书　　号：ISBN 978-7-213-11911-8
定　　价：78.00元

如发现印装质量问题，影响阅读，请与市场部联系调换。

前言

光辉的道路

人的一生,大概会有很多次选择,而最关键的几次,成就其独一无二的人生。

这种关键性的选择,是个体主动的追求,亦是时代机遇的促成。它是个人理想和社会理想的重合。

在我展开本书的采访和写作时,所面临的最大问题,是如何讲述一个关于常山胡柚的故事。常山胡柚,是小众的水果。它是酸橙的栽培变种,落地于常山,唯常山独有。其色泽金黄,果实美观,气息芳香,味道鲜美,营养价值很高。数十年间,常山县领导干部将之视为经济发展、百姓致富的佳果,一任接着一任,不遗余力地推动常山胡柚相关产业的发展。

——然而，我要写的故事，仅仅是这些吗？

常山也是我的家乡。在这片土地上，我的许多父老乡亲，一生都跟这种水果紧密相连。胡柚常牵动他们的心绪，欣喜有时，艰辛有时。他们是胡柚的种植户、贩销者、创业者，他们为胡柚抛洒汗水，双手捧出果实，分享美好滋味。在这片土地上，许多人随口都能讲出自己跟胡柚的故事——曾经，许多果农守在国道边的寒风中，用尼龙网兜装着一袋袋自家的胡柚售卖；曾经，做胡柚贩销生意的兄弟雇上货车拉着胡柚，闯荡杭州、上海；曾经，因行情太差，胡柚卖不掉只好倒掉，村庄水沟中都是胡柚腐烂的气息，村民一怒举刀砍倒了壮年的胡柚树……

到了今天，胡柚身价倍增，它已经成为一只只"金果"。因为有了加工企业的支撑，常山胡柚和香柚开始了全产业链发展。数据显示，到二〇二四年，常山的"双柚"种植总面积达到十二万一千亩，总产量十四万吨，年产衢枳壳原药材六千多吨，全产业链产值达六十一亿多元。从过去的鲜果独大，到如今青果入药、加工成饮料食品，最后精炼制药，常山胡柚已经走上精深加工、全果利用的光明大道。胡柚已经告别了在马路边被装在尼龙网兜里低价售卖的命运。胡柚鲜果从过去的一袋十元，到如今精品胡柚一颗十元，甚至远销东南亚地区；柚汁产品畅销长三角；常山胡柚的公共品牌价值超过二十七亿元；常山胡柚国家级地理标志农产品品牌价值超过一百亿元。

——然而，我要写的故事，仅仅是这些吗？

随着采访的逐渐深入，我越来越感受到，胡柚与这一片土地的缘分是如此深厚，胡柚与这片土地上人们的生活关系是如此紧密。我听到了许多感人至深的故事。然后，我忽然意识到，我要写下的不只是一颗水果，我更应写下的，还有这片土地上的人——他们的悲喜，他们的梦想，他们的艰辛与奋斗，他们的平和与欢喜。

我从中挑选了几位代表性的人物。故事主要围绕钦韩芬、宋伟、周志胜、姜新花、刘峰等人物及明代贤臣樊莹展开，古今穿插，彼此映照。

在漫长的人生道路上，大多数人倾向于选择一条相对安全的路径，追求安逸或稳当，符合主流的价值判断。然而，总有一些人，他们会选择一条与众不同的道路——一条孤独又光辉的道路。这种选择，往往意味着要面对更多的困难和挑战，但同时，也蕴含着非凡的意义与价值。

樊莹作为明代的清官，在复杂多变的官场中，坚持自己的清廉操守，严格执法、铁面无私。樊莹的这条路，是一条布满荆棘的险途。他并非为了追求个人利益，而是以正直的态度，为百姓谋求福祉。他的不妥协、不退让，使他在历史的长河中留下了不可磨灭的印记。这条孤独的道路，最终让他成为后人心中的清廉典范。

同样，周志胜也选择了一条孤独而光辉的道路。他将解散二十多年的越剧团重新带回舞台，在一座小城，顶住重重压力，用自己辛苦挣来的钱，维持着一个民间剧团的正常运转。他的选择，不仅仅是出于对越剧的热爱，更是出于一种责任感。这条路并不平坦，然而，正是这种艰难，赋予他的选择以更深刻的意义。

胡柚女王钦韩芬，没有选择安逸享乐的生活，而是天南海北地打拼，最终开创了一条产业振兴的大道。"宋柚汁"的创始人宋伟，将香柚品种重新引种回它的故乡，并开创性地让双柚合璧，带动产业升级。导演刘峰，因为热爱自己的家乡，为家乡打造"胡柚娃"形象和动画片，用文化的方式，为产业赋能……

选择一条孤独而光辉的道路，意味着要更勇敢地面对未知的前路，意味着要承担更多的责任，甘愿付出更多的艰辛与代价。但正是因为有了这样的选择，他们得以超越自我，焕发更大的光芒。

这片土地上的故事，还在继续生长。这本书里写到的人，也不过是这片土地上众生的缩影。我衷心祝愿胡柚和香柚能为父老乡亲们带来更多的福祉，在迈向共同富裕的道路上结出更辉煌的果实。

目 录

卷壹 **出山** 001

- 一 奔跑的火车 003
- 二 神奇的果实 010
- 三 时代的勇气 022
- 四 胡柚的奇迹 035
- 五 种树的哲学 046

卷贰 **柚见** 051

- 一 寻找香柚 057
- 二 双柚合璧 066
- 三 舌尖美学 081
- 四 沉浮十年 089
- 五 产业思维 104
- 六 未来已来 116

卷叁 **入戏** 125

　　㈠ 戏迷：长满胡柚的村庄　127
　　㈡ 归舟：一条难走的道路　162
　　㈢ 热爱：向着内心的光亮　174
　　㈣ 坚守：给点雨水就发芽　190
　　㈤ 如痴：为人生寻找出口　220

卷肆 **回甘** 233

　　㈠ 生活之味　235
　　㈡ 文化之力　246
　　㈢ 时代之果　267

后　记　280

卷壹 出山

> 山有木兮木有枝,山有佳果君可知。

一 奔跑的火车

一个个异乡的夜晚,
和城市夜晚中
那令人眼花缭乱的灯光。

道路漫长,晨昏迟缓。

南行的绿皮火车,一路穿越万水千山。

摇摇晃晃中,列车终于在一座小站停下来。喧闹的声音一下子涌进车厢。站台上到处都是叫卖盒饭和金属敲打餐车的声音。车还没有停稳,着急上车的人们,已跟着车厢一路奔跑起来,脚步声杂沓而纷乱。

车厢里面显然已经过于拥挤,里面的人挤着要下车,外面的人又挤着要上车。扁担、编织袋、行李箱、汗臭

奔跑的火车

味……诸多事物一起被人群搅动起来。车厢里的气息闷浊,令人头昏脑胀。

在纷乱的人群里,一个中年男人从硬座底下钻了出来。他差点因为睡着而错过下车,所幸及时醒来。他匆匆从行李架上拖出一个硕大的编织袋,把它扛在肩上,逆着上车的人流,拼命挤下车去。

硬座底下的空间,立即被人盯上。有人从很远的地方挤过来。这时候,一个年轻女孩迅即占据有利地形。看得出来,她是经常坐车的,有备而来的样子,显示出她的爽快利落。只见她迅速从背包中摸出一叠报纸铺在地上,然后整个人钻进了座位底下。

那时候钦韩芬不过二十五六岁,但已经算是"老江湖"了。或者至少在表面上,她给别人这样的感觉。她从衢州站挤上绿皮火车,一路往南走,目的地,是广州。

这一路,要历经四十个小时,路上的艰辛岂是别人可以想象?没有座位是经常碰到的事,实在受不了,就在硬座底下躺一躺。有时候上趟厕所回来,这样的空间也很可能就会被别人占领。

在关于年轻时夏天的记忆里,钦韩芬就这样奔走在收款的漫长旅程上。她把胡柚、猴头菇卖到全国各地。她坐着火车和大货车到处跑。那年头,很多地方的治安还不太好,一个年轻女孩竟敢这样去闯世界,一些认识的人都为她捏把汗。他们说,你这个娜妮,胆子也太大了。

很多年后,她也觉得自己胆子大。

不管怎么说,那年头,的确也是做生意的好时机。她把食用菌和土特产卖到深圳与广州。运气最好的时候,一货柜的东西能让她挣到十万元人民币。这几乎是个天文数字,抵得上她以往几年的工资。

"这样一比,四十个小时的绿皮火车算什么,吃盒饭就榨菜又算什么?"

钦韩芬说,那个年代流行一句话,"搞原子弹的不如卖茶叶蛋的"。这句话放在现在,听起来可能会令人费解,其实在当时,并不是对前者的嘲笑,而是对后者的激励。

二十世纪九十年代初,一个常山姑娘开始下海创业。那时候,"下海"几乎是时代的潮流,许多优秀的人,被这股涌动的热潮掀起来，离开公务员队伍，走向创业之路。据人社部数据，一九九二年，全国有十二万名公务员辞职下海，一千多万名公务员停薪留职。这在今天，几乎是难以理解的，而那时候，人们宁愿舍弃眼前的安稳，去做一些让生活充满不确定因素的事情。这是一个时代的可贵之处。

"那个年代，春风浩荡，好像大家心里都充满了梦想，不是所有人都想待在安静的岗位，而是你喜欢做什么，就去干什么了。"

可能一百个下海的人中，只有三五人成功了，但那不要紧，正是那涌动的时代之潮，才催生了后来的一代浙商。

旅途漫长。那个年轻女孩，把自己的身子蜷缩在长途列车的硬座底下。她记住了车厢里面的脚臭与汗臭混杂的气味，记住了南方大地上涌动的商业力量，记住了一个个异乡的夜晚，和城市夜晚中那令人眼花缭乱的灯光。

在下海之前，钦韩芬也有着一份稳定又体面的工作。她于一九六六年二月出生在衢州常山。从学校毕业后，进入常山县微生物厂工作，因工作出色，担任品控科科长职务。

当时的常山县微生物厂，已是一个令人瞩目的企业。常山县的食用菌种植起步很早，发展得也红红火火，微生物厂曾在全县设有十个分厂，规模甚大。与此同时，微生物厂的猴头菇，已经是常山乃至中国的一宝，产量居全世界第一。

在微生物厂担任品控科科长的同时，钦韩芬还兼任常山县食品质量检测站副站长的职务。无论从哪方面来看，她都是一个出色的年轻人，在单位里也有着美好的发展前景。

钦韩芬的父亲，当过常山县一中的校长，被授予过"全国优秀教师"称号，桃李满天下。她的哥哥、姐姐都在体制内，哥哥学医，成为省中医院的医生，省中医药大学教授、博士生导师，她的姐姐也是一名光荣的人民教师。

在这样一个知识分子家庭，钦韩芬的人生道路有些非同寻常。这可能跟她的性格有关。敢想敢闯的个性，早早融进了她流动的血液中，能吃苦、肯吃苦，而且坚持到底的坚韧劲儿，也早早融进了她的性格底色里。

绿皮火车上，几乎是一个错综复杂的小社会。那个年代，犹如电影《天下无贼》中的剧情一样，各路"高手"都在这有限的空间里跃跃欲试。携带财物的人不知道什么时候就会被人盯上，怎么保证身上的财物安全几乎是人人都要掌握的必修课。有的人会把钱缝进贴身衣物中，有的人则把行李枕在头下，几乎全程不敢睡着。而火车上的骗局似乎也层出不穷，有的人玩牌"押宝"，直到把身上的钱财全部输光才恍然大悟，懊悔不迭。有的人则因为轻信他人的花言巧语，在列车上倾尽所有买了假宝贝而欲哭无泪。这一切，钦韩芬都经历过，她小心地避开纷争，也从不让自己落入陷阱。她既警觉又冒险，积累着人生的微小经验。

与钦韩芬闯荡江湖相伴同行的，不外乎是家乡不起眼的土特产。猴头菇，她在微生物厂就无比熟悉；胡柚，更是常山最具特色的农产品。是的，说起她的下海，就跟菌菇、胡柚密不可分。

（二）神奇的果实

> 当无数个偶然叠加在一起，
> 就有了
> 这唯一的结果。

将《改革开放后常山胡柚发展大事记》中的几条记录，摘录于此，便于读者朋友了解胡柚这种奇异的水果——

一九八〇年

常山县农业局特产股在进行柑橘选种时，开始把常山胡柚作为选种对象。

十一月，首次对各地选送的胡柚样品进行果实品质鉴定，从此开始了常山胡柚的良种选育工作。

一九八一年

十一月八日，《浙江日报》报道溪口公社独有传统产品胡州（胡柚）丰收。

一九八二年

十二月，常山县林业局《柑橘基本情况普查资料》记载：一九八二年，常山县柑橘主要栽培品种为温州蜜柑、椪柑、巨橘、胡柚、广橙、本地早、福建橘品种。其中胡柚一万五千四百三十八株。

一九八三年

据常山县农业局调查，胡柚以青石乡的澄潭底铺村栽培最早、最多，至今澄潭胡家村一株树龄已七十五年的胡柚，仍生长良好，能年年结果。

一九八四年

春季，第一个常山胡柚优株母本园，在常山林场西峰分场山背岭林区建立。

秋季，常山县农业局选出实生胡柚优良单株四个。

一九八五年

三月十九日至二十日，国家科委顾问杨浚、副主任吴明瑜等来到常山，听取常山县政府领导关于常山胡柚开发等工作汇报，视察了常山县微生物厂的胡柚加工。

常山县第五次党代会提出，把常山胡柚作为三大拳头产品之一，在"七五"期间建成三万亩优质胡柚基地的奋斗目标，吹响了胡柚开发的号角。

上半年，常山县在大桥头乡村、青石镇大塘后村、同弓乡下东山村建立了常山县第一批嫁接胡柚商品基地。

十二月，常山县良种苗木联营场建立。

我到澄潭村，去寻访常山胡柚的"祖宗树"。

冬天，过了小雪节气，果园里的胡柚已全都采摘下树了。澄潭村的人家，似乎大家都有活儿在忙着，各家各户,地面一层都堆满金灿灿的胡柚果。

我在胡柚林中找到了正在干活的老徐。他正给胡柚老树上肥。这棵树,算起来已经一百二十多岁了。当年老徐还小的时候,这棵树就在了,年年秋天挂果,满树金灿灿。

那时候,全村也只有这么一棵,家里人都管它叫"橘子树"。只是,这一棵"橘子树"结的果实,口感与别的树都不一样。这棵树,老徐听说是在他祖父手上就栽下了。

到了一九八三年,县农业局调查林果资源,发现老徐家这棵果树有些"特别"。特别在哪儿呢?看起来像"香抛"(常山方言,也有人写作"香泡"),却不是"香抛";吃起来像橙子,又不是橙子,当然更不是柑子——这柚子又酸又甜,味道不错。由于这棵树所在的地方,是澄潭村的"胡村"小村庄,大家就把这果实命名为"胡柚"。

后来,县里决定繁育推广这种果树。胡柚果逐渐成为这座浙西县城的知名特产。

老徐家的这棵树,由此成为胡柚"祖宗树"。

有人追根溯源，问老徐这棵胡柚树又是哪里来的呢。老徐也说不好。可能是鸟儿衔来的吧，也可能是风儿吹来的吧。不管是鸟儿衔来，还是风儿吹来，都是土生土长的。

澄潭这个村村民的祖先，在明末崇祯年间从浙江汤溪迁入，但他们的祖居地，并没有柑橘栽培的历史。因此，胡柚并不是祖先迁徙时带入的。澄潭本地倒是有橘树种植的传统，专家们说极有可能是自然杂交产生的。那也就是说，这块土地有幸，风啊水啊都很好，种子落地发芽，微风携带春天的万物花朵，流浪到这里就落下来。于是，诞生出这世上唯一的果实[①]。

在老徐的自留地里，胡柚的实生群体还有一批，大概有十几棵，树龄在五十多岁。当时为了挑选培育最有品质的胡柚果子，橘农和科技人员一起，经历了漫长时间的选育，慢慢地才让品种定型下来，然后推广到全县

[①] 据明代万历《常山县志》清代康熙《衢州府志》记载，常山出"枳实"、"枳壳"作为贡品进贡。清代曹炳章《增订伪药条辨》记载"江浙衢州出者，皮粗色黄，卷口心大肉薄，亦次"。这里枳壳指常山胡柚幼果。据1956年左右常山县中药普查记录，那时常山胡柚常作为枳壳出售。

各地。

老徐记得当初，他们家人把胡柚果挑到城里，是当作"野货"卖的。看的多，买的少。那时大家都吃本地衢橘，这胡柚还无人识得，大家都看个新鲜，价格却不到本地衢橘的一半。只因那胡柚丰产，年年结果，家里人才手下留情，保存下来。

他怎么会想到，后来胡柚会成为一只佳果，闻名天下呢。

退休前，老徐是一名光荣的人民教师。作为全县早期高中毕业生之一，他当了中学教师，数学教了四十一年。老徐的退休证，被他郑重地装在镜框里，挂在堂屋最显眼处——"徐立成同志：光荣退休。二〇〇六年九月"。

徐老师这一辈子，教了多少个学生，实在算不清了。真要算，一年两个班，那就得一百多人，四十多年，你算去吧，有多少。

倒是常常有学生在路上见到他，叫他一声"徐老师好"。有时看对方面孔，也胡子拉碴，沧桑得很，老徐也总是想不起对方是哪一届的学生了。

现在，每年都有人来到澄潭的胡柚祖宗树前，来看一看这棵树。这棵胡柚树已被衢州市林业局挂牌为"衢州古树名木"，并建有石条栏杆加以保护。每年胡柚丰收的季节，柚农都会自发挑选金黄饱满的胡柚，贴上红喜字、红福字或披上红布巾，放在贡桌上进行祭拜，以求五谷丰登、六畜兴旺、风调雨顺、平平安安。

有一年深秋，国家级非物质文化遗产"常山喝彩歌谣"的传承人也到场，通过喝彩歌谣的形式将祭文融入喝彩词中，表达对胡柚的赞美和感恩。

关于胡柚的起源，常山人还有一些别的说法。

一九八一年十一月八日《浙江日报》报道，"溪口公社独有传统产品胡州（胡柚）丰收"。原来胡柚还有这么一个小名，"胡州"。这说明在当时，胡柚这种水果只在本地方言中有比较传统的称呼，而官方尚未形成一致的名称。另外，在常山县，有五百二十六个自然村（占全县自然村总数的三分之一以上）讲江西南丰话。在南丰话中，胡柚发音为"胡州"（音fujiu），有人据此认为是"抚州"之意，认为胡柚是从抚州传来的。

地方文化研究者黄良木先生，曾在多年前寻访过另一处胡柚祖宗树。他从志书中获悉，早在二十世纪九十年代末，常山县原属五里乡的泉目山村，生长着三棵胡柚古树，系该村村民吴洋清等三兄弟培育而成，其高度、树冠、树干直径，并不亚于本县青石镇澄潭村的那棵。于是他心心念念，约了一位曾经在泉目山驻村多年的老朋友余晓红一起去泉目山村寻访。

泉目山村与高埂村，隔常山江而望，泉目山村的村民在江对岸有许多田地，历史上他们依靠摆渡到对岸开展农事活动。在二十世纪九十年代，泉目山村全村每年柑橘产量都达七八万公斤，属于柑橘和胡柚的主产区。

黄良木在文中介绍，他们在村民的带领下，找到了已七十多岁的会计老黄。老黄回忆："当年吴洋清几兄弟，确实种有几棵胡柚树。后来，由于胡柚古树在远离住宅的山上，一度疏于管理，自生自灭了。"老黄还说，如今村里的许多实生胡柚，应该算是"祖宗树"的徒子徒孙吧。

没有见到胡柚祖宗树，黄良木又打听起村名的由来。老黄听老一辈人口口相传，吴姓在清雍正年间由江西迁来本地，当时，村中有多处古墓，一开始直接就用"全墓山"作为村名。后来，村民在挖山垦田过程中，掘得清泉一眼，冬暖夏凉，甘甜可口，源源不断，遂雅称为"泉目山"，此村名一直沿用至今。

一颗奇异的果实，留下了诸多神秘的谜团。

二十世纪八十年代初的一天，一个偶然的机会，有一位高级农艺师花了八分钱，买了两只橙不像橙、橘不像橘的水果。剥开一尝，酸甜可口的味道令他欣喜若狂——在这样的水果淡季，在山区常山竟有如此鲜美的水果！

这位与水果打了半辈子交道的农艺师，还叫不出这只水果的名字。他翻遍植物学经典也查不出它的出处，只记得当地村民叫它"胡柚"。农艺师不死心，按图索骥地找到了澄潭村的胡家自然村，发现了"祖宗树"。

让我们把思绪放飞，想象一下，一个独特的物种在某个地方落地生长，其实是一件很有意思的事。它是自然环境、动物活动和人类行为共同推动的结果，它也是一群鸟、一阵风、一场雨、一次迁徙、一次休憩以及许多人品尝、有意无意选择的结果。这里面有太多的偶然性，然而，当无数个偶然叠加在一起，就有了这唯一的结果。一粒种子，在一小片土地上生根、发芽、开花，并且结出唯一的果实。

明万历年间《常山县志》卷之三"土产·果类"记载有"橘""柚"条目，清雍正《常山县志》卷之一"物产·果之属"也有"橘""柚"条目，只是以上二者都惜墨如金，对相关条目未能展开描述。清康熙《衢州府志》"物产"中记载："果类，橘，有朱橘，有绿橘，有狮橘，有豆橘，有漆碟红，有金扁，有抚州（明时惟西安县西航埠二十里栽之，今遍地皆栽）。"这一记载，落实了"抚州"即胡柚的出处。如前所述，若从明初开始算，胡柚的种植历史已经超过六百年。

很久以后，农业科学家们通过DNA分析得出结论，常山胡柚可能是柚和酸橙杂交的结果。后来又进一步确认，常山胡柚就是酸橙的栽培变种。

从一棵一棵老树开始，胡柚这一水果开枝散叶，育苗繁衍。在二十世纪八十年代，出于发展地方经济的需要，胡柚渐渐推广到全县各个地方，也逐渐成为常山的知名特产。

一九八六年一月，在浙江省晚熟柑橘鉴评会上，衢州五个椪柑、三个广橙、两个胡柚优株获奖；在南昌召开的全国柑橘晚熟品种补评会（全国优质农产品展评会）上，胡柚被评为农牧渔业部"优质农产品"。

这一年的九月，在浙江省省长沈祖伦的直接支持下，浙江省有关部门积极扶持常山县胡柚开发工作。省农业厅、财政厅联合下发《关于"胡柚商品生产基地建设补助资金（五十万元）"的通知》，为常山胡柚商品生产基地的建设提供了资金保证，对常山胡柚的开发起到了巨大的推动作用。

随即，常山县胡柚良种繁育场建立，为全县推广胡柚提供了大量胡柚接穗及苗木。

一九八八年八月，浙江省政府下达名优水果建设资金，给常山胡柚基地建设无偿补助六万元，有偿周转资金十四万元。

一九八九年十一月，常山胡柚获得全国星火计划成果荣誉，及适用技术展交会金奖；次月，在全国优质水果评选会上，常山胡柚第二次被评为农业部"优质农产品"。

一九九〇年一月，浙江省省长沈祖伦视察常山县胡柚良种繁育场、常山油茶研究所等胡柚开发基地。

四月初，商业部土特产司司长肖连亚率队，到常山调研食用菌、胡柚生产。

这一年，常山微生物厂开发成功胡柚砂囊饮料、胡柚蜜饯、胡柚果汁饮料等加工产品。

十二月底，湖东乡胡柚综合开发场以股份合作制的方式成立，该场种植胡柚一千亩，被称为"千亩场"……

神奇的果实，正在这片土地上茁壮生长。

三 时代的勇气

> 大棚纸板箱上,
> 她和女儿一起
> 做了多少个简陋又香甜的梦。

钦韩芬还记得,那是一个激情勃发的年代。

中国大地上到处涌动着机会,也到处都涌动着干事的激情。在常山县这么一个偏僻的浙西小城,人们也勇于尝试,四处寻求发展的道路。

在这里,必须提到一位电影明星——刘晓庆。

已经拍过《芙蓉镇》《小花》《火烧圆明园》《垂帘听政》的刘晓庆,是当时真正的中国"一号女明星";而热衷于"走穴"的她,在商品房还没有开放的八十年代，就在深圳蛇口买了一幢一百余万元的别墅。

拍了十几年电影，此时的刘晓庆已不满足于仅仅拍电影。她在一九九五年出版的自传体图书《我的自白录——从电影明星到亿万富姐儿》中写道，"我已经是中国最好的女演员了"，"无敌最寂寞"。

她开始涉猎其他各种产业。在刚刚放开的年代，刘晓庆依托着她的知名度，几乎以火箭一样的速度扩张她的实业帝国：她包下了波音飞机，带着职员们飞到深圳，举行"晓庆"化妆品新闻发布会，以"晓庆"命名的还有"晓庆"牌美容加湿器，"晓庆"牌饮料猴头燕窝、胡柚汁、金柚汁，"晓庆"牌花粉酒等，系列产品"相继出笼，从轰隆作响的车间走到商品社会的大舞台上"。

一九九二年，刘晓庆坐在一架波音飞机的座位上，后面则是坐得整整齐齐的雇员。

他们刚刚结束在北京钓鱼台国宾馆举行的《武则天》开机典礼，又准备包机飞往深圳，举办"晓庆"牌化妆品的新闻发布会。刘晓庆坐在飞机的最前面，几乎可以毫无遮挡地往窗外看，外面是属于平流层的阳光灿烂，她的脑子里逐渐升腾出了一个想法：

"我再也不单单是个电影明星了。"

一九九三年六月二十八日，饮皇食品有限公司成立。

该公司系由香港北星投资有限公司与常山微生物总厂共同创建。董事长为刘晓庆，总经理为徐序坤。刘晓庆以人头像入股，占股百分之五十一。常山县政府出资占股百分之四十九。

对刘晓庆与常山的合作，外界充满期待，寄予厚望。常山微生物总厂厂长徐序坤，那些年名气很大，他敢想敢做，富有前瞻性，并在一九八五年获得全国五一劳动奖章，被评为全国商业系统劳动模范。

"徐厂长这个人，很有责任心，也非常富有创新精神，也有冒险精神，多少带有点儿浪漫主义色彩。"原常山微生物总厂办公室主任詹黎霞，在常山微生物总厂工作十余年，见证了常山与影后刘晓庆的合作。

一九九〇年，总厂搞建厂十周年庆典，来了一大批老一辈电影艺术表演家，有谢芳、李仁堂、于洋、葛存壮。后来，微生物厂还跟移居香港的电影艺术家王丹凤有过合作。当时，徐序坤厂长已经有了借助电影明星的影响力，把常山微生物总厂推向更加广阔的世界的思路。

后来与刘晓庆的合作，可以说是顺水推舟的事情。签约仪式是在一九九三年六月二十八日，在杭州之江饭店举行。好几位省领导出席了仪式。各界都希望这次"联姻"能带动常山胡柚走向一个全新的高度，推动常山经济发展，带领常山百姓走向富裕之路。公司成立当天，《钱江晚报》刊发了整版广告，这也在一定程度上引发了轰动效应。

签字仪式后，合资的饮皇食品有限公司生产的"晓庆"牌胡柚汁就走向了市场。当时，它定位的销售渠道是一线城市或者东部发达省份省会城市的超市，走的是高端路线。

刘晓庆是那些年绝对的影后，她在商业领域的打拼也有声有色，是最得势的时候。以微生物总厂的技术实力和刘晓庆的影响力，这样的合作，应该是一加一大于二的。如果一切依计划所愿，肯定能带动胡柚打出一片江山来。

那个年代的人们，内心十分赤诚。不管是对待电影艺术，还是对待生意和爱情，刘晓庆的态度都是坦诚、炽热、极致的。

这就是那个年代的故事。

刘晓庆的故事也被所有中国人津津乐道——包括她的电影，她的爱情，她的生意。

关于这些，写在刘晓庆一九九五年十月出版的《我的自白录——从电影明星到亿万富姐儿》一书中。

刘晓庆也说，"人们说我是在商海里游泳。殊不知我根本不是自己跳下去而是猝不及防被推进了海中。我喝水、咳呛、狗刨、乱抓乱挠，而每当我拼死觅活出于求生的本能几经挣扎漂到了岸边，手刚搭在救生的船沿上就又被狠狠地几脚踹进了那重重漩涡的水里"。

很多年以后，有人问钦韩芬，当年怎么有那么大的勇气，去下海做生意。

钦韩芬想了想，回答说，那不是一个人的勇气，那是一个时代的勇气。

刘晓庆与常山的合作，轰轰烈烈开场，却黯然收场。今天人们复盘当时情况，许多人都提到一个原因，即产品缺陷。

"失败就失败在产品包装技术不过关上。"

当时做胡柚饮料包装的,只有"马口铁"。马口铁是镀锡钢板的俗称,是表面镀有一道金属锡薄层的冷轧薄钢板。这个东西,有一定的强度和硬度,成型性好,又易焊接,表面锡层无毒无味,清洁光亮,主要起到防止腐蚀与生锈的作用。常见的罐头瓶或饮料罐,很多是这玩意儿做的。

本来马口铁做饮料罐,也是通常的手法,没毛病。然而胡柚榨果汁有一个缺陷,榨出来的果汁酸性比较强。当时微生物厂也做笋罐头,一起杀完菌后装箱。刚出厂的时候,包装好好的,看不出,储存一段时间后,马口铁被酸果汁腐蚀了,破出一个洞来。那时候,大家对于这些产品的包装没有什么技术研究,哪里会想到存在这么一个致命的漏洞。

胡柚汁的口感,则是导致失败的第二个原因。百分之百的胡柚汁,直接榨,直接灌装,酸性太大,把罐子腐蚀了,事实上口感也很不好。常山本地人知道,虽然都是常山胡柚,各个地方出的果子口感也不同:白石等靠西部这一片地方，出的胡柚就是偏酸；青石、东案、象湖，这一带果实糖分相对高些，口感好些。那么，这个问题就比较大，口感也没办法做到统一。

很遗憾，刘晓庆和常山胡柚的合作，在很短的时间内就形成巨大亏损。钦韩芬还记得，好像是亏损了四百多万元。刘晓庆拿自己的肖像入股，一分现金没出。企业经营亏损，县里领导也有点懊恼，派总经理徐序坤去北京找刘晓庆谈判，看能不能让她也承担部分损失。

那是一九九三年的一天。钦韩芬跟着徐序坤一起，走进北京市安慧西里的一个相当高档的小区，乘坐电梯，到了那栋楼房的最高两层。

"大明星的母亲、妹妹都在，一条白色的小狗跑来跑去。我第一次看到大明星是住什么样的小区，什么样的环境。"

饮皇公司失败继而破产，在另一个层面来看，又不能看作完全的失败。商业上的探索，使人们也逐渐认识到，哪怕有再好的资源，如果缺乏好的产品，也不一定会成功。而且，对于常山县这样一个地处浙西的偏僻小县，以开阔的视野，勇于摸索和尝试对外合作，无疑也积累下了宝贵的经验。

在那个年代,社会的风气也鼓励着各行各业的探索,包括个人的冒险与尝试。与大明星的合作,在一定程度上,刺激了常山县人民商业思维的发展。刘晓庆身上,那种敢说敢做的勇气,也深深地感染了当时的许多人,当然也包括钦韩芬。

一个失败的商业合作案例,非但没有吓退钦韩芬,反而成为她下海的契机。钦韩芬说,当时就是不相信常山人当作宝贝一样的胡柚,竟然会卖不出去。她一定要自己跳下海去试一试水。

她的决心很大,发誓要把胡柚卖向全国,卖向全世界。

常山胡柚在二十世纪九十年代初期,已经进入一个快速发展阶段。

一九九一年二月十八日,《人民日报》刊发通讯《当年野果,今压群芳——"常山胡柚"出山记》,这标志着胡柚开发进入蓬勃阶段。据胡柚发展史相关资料记载,一九九二年,常山县政府成立浙江省常山胡柚综合开发集团公司(后更名为浙江金神胡柚集团公司)。一九九五年十月,常山县政府成立浙江常山胡柚集团公司,一九九八年改制为民营的浙江天子果业有限公司。

随后,天宝、阿冬、大胡山等十多家以胡柚销售、加工为主的农业龙头企业相继成立。这些企业在县委、县政府各项扶持措施和优惠政策的推动下,引进先进设备和生产线,开发新产品,提高附加值,拉长产业链;同时,采用"公司+基地+农户"的模式,实现常山胡柚生产、加工、销售一条龙,形成了产业化发展格局。

当然,这已是后话。回想钦韩芬当初创办胡柚企业,这的确是让周围的人都感到大吃一惊的决定。家里人不是当医生的,就是做教师的,唯独她一个人要走一条不寻常的道路。家里人劝不住她,只好提醒她,这条路不一定好走。

事实正是如此。钦韩芬走上了一条异常艰辛的创业之路。她主要销售胡柚鲜果。为了打开销路,她坐着绿皮火车全国跑,吃过的苦一火车都拉不完。在绿皮火车的硬座底下一躺,打个盹,这已是常态。从浙江到新疆,要连续转三五次车,一路辗转,三天后才能赶到目的地。两块钱、五块钱一晚的小旅馆,她都住过。

为了堵住甲方的采购员,说服对方买她的胡柚,她蹲守门口,一守就是半天,磨破嘴皮,说尽好话。除了把胡柚卖进单位企业,她还摆地摊。北京花家地的早市地摊,常见钦韩芬的身影。天还不亮,她就推着平板车,带着两岁的孩子,赶到早市,用带着常山口音的普通话吆喝起来——卖胡柚,卖胡柚。

一颗胡柚,真有这么大的魅力吗?

今天的许多读者,可能不一定能理解激情何来。

让我们喝口茶,扯一点题外话。二十世纪九十年代初开始,中国大地涌动着巨大的打工潮,大约有两亿的外出务工人群在大地上迁徙。这是一个遍地机会的时代。在北京火车站外,人们排着长队,甚至有人排队四天四夜,只为登上一趟特殊列车。那是一趟名为K3的绿皮火车,用六天六夜,飞驰九千公里,穿过蒙古草原,过贝加尔湖,抵达极远之地的莫斯科。国产的一件皮夹克,每件两百元,到了莫斯科可以卖一千元以上。这趟国际列车座无虚席,人满为患,有人买下一节包厢所有铺位,除了一个铺位睡人,其他全部装满货物,货物从地上摞到天花板。

"只要胆子大,就能发大财。"

一切都是欣欣向荣,万物都在野蛮生长。只要敢想敢干,就能成为时代的弄潮儿。那时候,除了胆子大,如果还能心眼活、有门路,能吃常人所不能吃的苦,那就一定能赚到大钱。

钦韩芬婚后随夫定居北京,心却还在常山,还在常山胡柚上。当时做胡柚生意的企业不只有她一家,但她希望自己能做成最好的企业。

一九九六年,钦韩芬在北京买了房,九十多平方米。

这意味着钦韩芬的下海尝试是成功的,她已经在京城立下脚跟。无疑的,这是她肯吃苦、敢拼搏带来的。

她为县里做猴头菇生意,做进了人民大会堂宴会厅。

她能力强,在北京同乡会里任职。这里企业家、官员、能人很多,她以此为触角进一步推广家乡的胡柚。每年她把常山胡柚送进浙江省驻京办,希望让更多的人认识到这个独特的水果。

为此,钦韩芬把胡柚品质放在第一位,在常山产区寻找口感最好的果子。在阁底乡,她带着几个亲戚一起进村入户收胡柚。很多年里，她在青石、象湖、澄潭、东案这些地方收购胡柚，并把其中最好的部分送去冲锋陷阵。

后来，她开始把常山胡柚打入商超——家乐福、中贸联。

一块钱一斤的胡柚，她一年要做到两三百万元。

一车皮胡柚运进北京，赚四万元。

当时市场上柑橘类水果非常少。湖北脐橙很酸，甜度不高。南丰蜜橘，销售期只有两三个月。但是常山胡柚特色鲜明，口感苦中有甜，风味独特，而且耐贮存，可以存放四五个月之久。

有人说，那些年，钦韩芬一个人就是一支胡柚部队。

二十年后，钦韩芬的女儿已在金融管理部门工作，她回忆自己的童年，印象最深刻的就是望京的水果大棚。那地方离家四五公里。她就看着母亲一晚又一晚地忙碌着。她那时还小，爸爸老是出差，单独留在家里当然不行，妈妈就把她带到了大棚里。深夜交完货才能休息，有时是十一点，有时是十二点，最迟要到凌晨两点，太迟了，妈妈索性也就在大棚里睡一觉。纸板一垫，一条毯子一盖，就那么香甜地睡着了。

钦韩芬不记得了，在大棚里的纸板上，她曾和女儿一起做了多少个简陋又香甜的梦。

但她记得，每一个清晨醒来时，都是干劲满满。

"妈妈就知道挣钱。"

只有每年除夕，也就是大年三十晚上，钦韩芬收工最早。晚上八点多钟，货也送完了，她把店门一关，回家！

此刻中华大地万家灯火，人们阖家团圆，热闹欢腾，共享这欢乐的一夜，而钦韩芬在这个晚上只有一件事要做：睡觉。

"一年三百六十五天，就这一个晚上，我睡得最舒服。"我在艾佳公司的会议室采访钦韩芬时，她一字一句地告诉我，她最幸福的事，就是睡觉。

大年初一，一起床，就是中饭时间。吃完中饭，她又要开始上班了。

赚钱的人怎么舍得停下来？

——别人休息的时候，正是她赚钱的时候，也是赚得最多的时候。怎么舍得停下来！

四 胡柚的奇迹

一颗胡柚的力量，
是长长久久的，
也是能生长奇迹的。

许多年后，钦韩芬依然会做梦，她梦见自己挤在一趟绿皮火车上。火车哐当哐当地响着，摇摇晃晃，铁轨向远方无限延伸，火车也永无止境地开下去。

艾佳的每一个发展历程，都刻在钦韩芬的心上——

一九九九年，浙江艾佳成立，从常山胡柚种植和销售起步。

二〇〇一年，由机关、社会团体、高校、部队等团购业务扩展为商超配送。

二〇〇六年，开始了新疆苹果、甘肃苹果、库尔勒香梨等基地建设。

二〇〇八年，公司开始给全国范围内商超配送，先后与多家知名商超开展合作。

二〇一〇年，开拓配送中心。

二〇一八年，投入无损检测设备。

……

一颗胡柚里，藏着浙江人的"四千"精神——走遍千山万水，说尽千言万语，想尽千方百计，吃尽千辛万苦。

"走遍千山万水"，才能穷尽一切发展的机会；"说尽千言万语"，才能寻求一切合作的可能；"想尽千方百计"，才能找到各种成功的办法；"吃尽千辛万苦"，才能看到风雨过后的彩虹。这些是智慧，也是经验。

"四千"精神，是浙江人民在特定历史阶段勇闯改革大潮的一种精神状态。常山胡柚的发展历程，也是"四千"精神的最好见证。

"那时候，我完全没有想那么多。我只想着一件事，把我的胡柚卖出去！"

市场瞬间万变，水果市场也在随时代悄然发生改变。一方面，人们的口味变了，以前人们嗜甜，渐渐地，人们对糖的需求开始下降，是否健康慢慢成为饮食的重要考量标准；另一方面，随着水果品种的优化，物流运输条件的改善，各种新品水果涌现市场。二〇〇五年至二〇〇六年，赣南脐橙销售上来了，砂糖橘销售上来了，原先好不容易建立的胡柚销售优势又开始回落。本来，作为一个水果商，钦韩芬完全可以趋利取舍，主营那些利润更高的品种。然而，家乡的胡柚情结，让钦韩芬从未想过抛弃这一只佳果。

做一名水果商，艾佳的价值是什么？

做一颗胡柚水果，它的价值是什么？

钦韩芬深知，每一颗胡柚背后，其实是家乡父老的生活。二三十年前，胡柚意味着果农过年的新衣，娃娃上学的学费；二三十年后，胡柚依然联系着果农的柴米油盐、生活品质。

二〇一九年，一直心系故土的钦韩芬，把企业总部安在了老家常山。

为了企业更好地发展，她放弃了随行就市的采购模式，投入大量资金，开发自建原产地标准化生产基地，引进了先进的技术、装备、人才，全产业链打造高质量产品，不断提升产品的核心竞争力。

自创业以来，艾佳果蔬通过建立共富果园，设立联农带农合作纽带，建立了五大有机胡柚种植基地，种植面积达二万亩，年产量四万吨，年产值二亿元。

浙江艾佳与合作社、农民签订合作协议，为他们统一提供种苗、技术、管理、收购等全产业链服务。这为当地农民提供了就业增收的新机遇，也为常山胡柚创造了更大的品牌价值。

钦韩芬说："我是做胡柚起家的，我还是要做胡柚。"

挖掘胡柚更大的价值，让胡柚成为乡亲们的"致富果"、"黄金果"，始终是钦韩芬的初心。

二〇〇八年北京奥运会，钦韩芬的企业成为奥运会水果供应商。她在北京顺义建立了配送中心办公室，在新疆和甘肃建设苹果基地，在库尔勒建立香梨基地等，严格把控品质关。二〇二三年，艾佳果蔬又被指定为杭州亚运会、亚残运会新鲜水果供应商。

二〇一九年八月，艾佳新的生产线投产，开工生产冷冻食品：速冻胡柚、蔬菜、西兰花等果蔬。

本世纪初，沃尔玛等国际大型连锁超市推行冷冻食品。他们的理念是，冷冻食品更健康。冷冻食品的理念，在中国老百姓当中需要一个接受过程，很多年以后，大家才慢慢接受。公司新建的这条速冻果蔬产品生产线，其速冻能力每小时达三吨。可生产各种样式的速冻产品，可根据客户需求定制产品及包装规格。西兰花、毛豆仁等速冻后，依然绿色盎然，而速冻混合蔬菜包色彩斑斓、十分诱人。

但是一场疫情突如其来，打乱了公司原本的计划。

二〇二〇年五月二十日，县领导给钦韩芬打电话，问她能不能帮忙，解决老百姓手中滞销的五千余吨胡柚。

原来，受疫情影响，全县大部分胡柚都滞销了，卖不出去，也运不出去。县领导也带队上直播间，为常山胡柚等农产品带货吆喝。然而，常山县农产品的存量太大了，带货销售只能解决冰山一角，大量果品依然积压。眼看着胡柚的贮存时限将至，如果再不处理，农民的经济损失是一方面，大量胡柚腐烂后被抛弃野外，对生态环境也是巨大的破坏。酸性果汁流入鱼塘后，鱼虾死亡，连鱼塘周边的草木都无法生存。

钦韩芬当时压力很大。这天本来要去丹东的草莓基地出差。临危受命的钦韩芬，连夜驱车十五个小时从北京赶回常山。第二天傍晚六点多，她回到县里，在食堂随便吃了口饭就组织开会。

能不能收？怎么收？收进来以后怎么办？

大家讨论得很激烈，分歧也很大。

收，是为县里解困，为农民解忧，是大好事。但对公司来说，这五千吨胡柚收进来，怎么卖？市场在哪里？

通通都还没有想好。心里没底，非常冒险。

管理团队持续讨论了四五个小时。

盘点了厂里的生产状况、设备调试情况以及储存量后，钦韩芬拍板：收！

晚上十一点多，钦韩芬给当时分管农业的县领导发了信息："可以收，全盘收。"

消息当晚就在全县果农之间流传。第二天一早，长长的队伍就排在了工厂门口，有的是三轮车，有的是电瓶车，有的是小车、面包车，一筐筐的胡柚要送进厂里来。这一天，业务员一共接了六百多个电话，一个电话刚挂掉，另一个电话就进来了。还有的果农担心，这么多的胡柚，厂里会不会收着收着就不收了。

此时此刻，钦韩芬理解乡亲们。

一颗胡柚，从春日开花，夏天结果，再到深秋成熟，人们对它寄予厚望。且不说果实成熟时的采摘辛劳，包裹胡柚的费工费力，期待果商收购的满心期待，即便是平日里对一片胡柚林的呵护也是粗疏不得。夏天酷暑抗旱要给柚树浇水，冬天严寒之中防冻又要给柚树保暖。有些年份遇上极端天气，连续的严寒冻死冻伤胡柚树，果农损失惨重。还有果实采摘下树后，要给柚林施肥，利于果树恢复元气；平时也要防治虫害，柚树木质清甜，易被虫子侵害，有的生长了二三十年的柚树，正是产果的好时机，一旦被虫害侵袭，不出多长时间树就枯死，而且容易树间感染，损失不小。果农一年到头的辛劳，无非是指望着果实能卖出一个好价钱，这才是对劳作的真正认可与回报。

有的年头，胡柚行情不好，有的果农惜售，错过了销售的好时机，等到无人问津时，真是毫无办法。其实，对于果农来说，价钱好坏是一个方面，倘若眼睁睁看着成堆的果实无人收购，最终腐败，抛弃荒野，一年到头的辛劳白费，真是叫人感到心疼。

此时，一车车的胡柚送到工厂门口。钦韩芬告诉大伙，都别着急，送来的胡柚全部会收下，大家放心。

结果，收购胡柚的那一天，员工们整整忙碌了二十四小时。

望着堆成小山的胡柚，钦韩芬知道，现在真正的压力是在自己身上。十余年间，钦韩芬从未放弃过对胡柚汁产品的研究，她也一直与高校合作，寻求最好的产品方案。这一次，在技术团队和公司员工的共同努力下，艾佳顺势研发出了带皮压榨、非浓缩还原的NFC胡柚汁。在各级政府的支持、村民们的口口相传下，NFC胡柚汁很快摆上了常山家家户户的餐桌。

NFC（Not From Concentrate）果汁，意为"非浓缩还原汁"。将新鲜原果清洗后压榨出果汁，经瞬间杀菌后，不经过浓缩及复原，直接罐装，营养损失比较少，基本

收购胡柚

保留了水果原有的新鲜风味。这种果汁保质期短,需要全冷链运输。此外,由于它是真正的纯果汁,加上储存不易,成本也较高。

很多年的经营模式里,艾佳在开拓和经营B端客户(企业用户),因为NFC果汁的亮相,艾佳也开始走向C端客户(个人用户)。这对于企业的经营管理来说,也是一个新的课题。

然而,不管怎么样,疫情之后的这一年,仅此一役,艾佳就为常山果农解难增收三千余万元。如果问,作为一个企业家,真正能为老百姓带去什么,能为这个社会做什么贡献的话,这一次胡柚收购的案例,已经给出了鲜明的答案。能力越大,责任越大。钦韩芬觉得自己走到今天,能够真正帮助到一个个普通人了。

钦韩芬的父亲,是一位全国特级教师,当过常山县一中的校长,并被授予过全国优秀教师称号。二〇二二年六月,父亲突然去世。在追悼会上,父亲的学生们来了一大批,花圈层层叠叠,人们在此寄托哀思,缅怀一位好老师。

其间，有一个头发花白的学生，在追悼会上号啕大哭。问了母亲，钦韩芬才知道，原来父亲在当老师的几十年中，悄悄地帮助了许多贫困学生，可父亲平时，从来没有提起过。

那一刻，钦韩芬知道，有时候给予别人小小的帮助，也许对方就会受益终生。

也就是那一刻，她决定继续传承父亲无私助人的精神，把这种关爱传递给更多的人。她成立了一个教育基金会，借此去帮助因种种情况需要帮助的孩子们。

送人玫瑰，手有余香。

那个乘坐绿皮火车，往硬席座位下随便一钻，在全国各地奔波跑销售的年轻姑娘，此时，已经走过了人生中的三十年。

钦韩芬说，我们办企业，不考虑上市什么的，而是希望能做成一家百年企业，真正为这个社会贡献一些自己的力量。

"所以，我们要做长长久久的事情。"

一颗胡柚的力量，是长长久久的，也是能生长奇迹的。

五

种树的哲学

> 土地上的事情就是这样,
> 老老实实地种下去,
> 老老实实地收获。

办企业,就像种一棵胡柚树。种下去之后,就要有耐心,坚持浇灌,让它慢慢长大。

走进艾佳果蔬在太公山的胡柚标准化示范基地,登上一座造型为胡柚的观景台,四面群山,柚林起伏,绿海荡漾。正是盛夏时节,夕阳西下,鸟鸣悠扬,青色的果实挂满枝头,空中弥漫着清新的自然草木气息。

这一片胡柚园,也是标准化的共富果园。

为什么要自建这样的标准化示范基地?钦韩芬说,

她依然有一个梦想，就是要把胡柚带向全国，走向世界。"标准化的基地，就是受老外的影响，对标国际。"

钦韩芬非常重视每一棵胡柚树。她经常会在果园里转悠，看这些胡柚树在春天里开花，夏天里挂果，然后在深秋的风里黄熟。在果园散步，是她在一次又一次频繁的出差间隙里最好的休息方式。

"很多会员体系完善的食品供应商，会向他们的会员提供最优质的果品。除了土壤改良，还要绿色、有机，这样种出来的胡柚口感好，品质佳。"

她说，"别看小小的一颗胡柚，要种好，其实需要强大的农业科学力量支撑。"

在这一片果园里尝试了很多先进的种植理念，包括物理方式和生物方式的杀虫，以及低碳、循环的生态理念。

这样的基地，其实也是做一个示范。"先做给农民看，再带着农民干，最后帮着农民赚。"

在闲谈中，钦韩芬说，最近二十年，她从来没有碰过什么股票、期货。她说自己只想专心致志做一件事，把精力放在踏踏实实的地方。

做农业，就是做踏踏实实的事情。

"我们可以想象一下，如果把脚踩在土地上，你就会认真地把手上的活干好。土地上的事情就是这样，老老实实地种下去，老老实实地收获。如果一个人，只会投机，把农业只是看成生意，那么这件事情一定走不了太远。"

毕竟，她是知识分子家庭出身，在她的头脑中，从来就重视科技对事业的加持。很多年来，艾佳整合人才、场地和品牌影响力等资源优势，在科技上不断创新，与高校和科研院所联手，成立产品研发中心、数字化农业储备研发中心、科学实验基地，不断研发新品，使胡柚的附加值不断提高。

她的公司依托常山胡柚原产地资源，组织建成了年产三万吨的胡柚速冻生产线、一万吨的胡柚榨汁生产线、胡柚数字化分选生产线，还有巨大的冷库。她还投资数亿元，建设了一座胡柚主题公园。

她创建的面向全国的高端果蔬集散基地，实现了从分拣加工、储藏保鲜到冷链配送的全年无间断一条龙运作，成为综合性现代农业产业化、社会化服务的典范。

她在全国各地自建、联建了四十多个名特优果蔬基地，共五万多亩。在北京、上海、深圳等十个区域中心城市，建了市场销售平台。

她的公司研发了很多胡柚相关产品，胡柚饮料、胡柚果酱、胡柚茶饮、胡柚气泡水等各种衍生产品已经形成规模。同时，产品也向日化产品、食品等功能性产品等方向辐射，以满足更多的市场消费需求。

她希望自己故乡的胡柚，能走得更远。

钦韩芬获得了很多荣誉，"最美新衢州创业女性""最美乡贤""2021—2022全球浙商金奖"，以及"浙江省乡村振兴共富带头人金牛奖"……

二〇二一年二月二十五日，中共中央、国务院作出了关于表彰全国脱贫攻坚先进个人和先进集体的决定。浙江省有七家企业受奖，钦韩芬的企业名列其中。

浙江艾佳果蔬开发有限责任公司是农业产业化国家重点龙头企业，获得中国绿色产业博览会金孔雀奖、北京奥运功勋奖章等荣誉。相比之下，钦韩芬最看重的，还是"全国脱贫攻坚先进集体"这个称号。

隆重的总结表彰大会在北京人民大会堂举行。当主持人在话筒中念出艾佳果蔬企业的名字时,主角钦韩芬并没有出现在聚光灯下和鲜花簇拥中。

她一如既往地奔波在出差的路上。

只是,她再也不用去挤那行进缓慢、空气浑浊的绿皮火车了。

卷贰

柚见

在唐宋时,有一棵柚子树,漂洋过海,去了他乡。现在,我们把它种回故乡。

这是一部混乱的家谱。

对于柑橘植物家族来说，它们的成员实在庞大和复杂。它们以清香的气味与独特的酸味，征服了世界各地的人。而柑橘又是容易杂交的一类，于是人们培育出了更加复杂多样的品种。柑、橘、橙、柠檬、柚等，它们之间到底是什么关系，很多人感到头疼。

梳理一下，柑橘家有"三大长老"：

一，宽皮橘。它是橘子的祖先，后代有橙子、芦柑、柠檬、葡萄柚等。

二，野生柚。它是柚子的祖先，后代有柠檬、葡萄柚等。

三，野生香橼。它是香橼和佛手的祖先，后代有柠檬等。

"三大长老"错综复杂的关系，构成了柑橘家族丰富多彩的品类。中国作为柑橘属植物的原始驯化国和培育、生产大国，几千年来培育了很多品种，每年人们也消费了大量柑橘类水果。但主要种植地区，还是在南方产区。

　　在亚洲，朝鲜半岛和日本的主要地区纬度较高，大多数常见的柑橘类水果不能生长。它们和中国北方一样，为了种出柑橘类的水果，需要引入新的遗传资源。

　　韩国和日本有一些当地的柑橘属植物，但它们的祖先也是来自我国大陆，分布区域也局限于与我国南方相似的纬度。

　　在北方地区种植柑橘类水果的愿望驱使下，人们对各种柑橘类植物不断进行尝试和改良，一方面，试图筛选出更加抗寒的品种，另一方面，把它们嫁接在天然分布区更靠北的物种上。

　　枳和宜昌橙，天然分布区在北方，十分耐寒，且耐土壤瘦瘠、耐荫、抗病力强。它们的各种杂交后代做砧木，可以提高植株的耐寒能力。

　　但它们本身的味道却是又酸又苦，几乎无法食用。

它们之间或有各自的杂交后代，虽然可以继承它们的抗寒能力，却也继承了它们的酸苦味道。

其中，宜昌橙和橘子的杂交后代，虽香味浓郁，但因其味酸，一般不生食，而作为醋和果酱等调味料或香料。

这种果实，日本和韩国管它叫"柚子"，英文为"Yuzu"，中文一般叫"香橙"。不过，柑橘类的水果本来就是乱叫的，中国在同一时期所谓的"柚""橘""橙"也不一定是什么，而且多有交叉，也无所谓了。

香橙，原产自我国长江流域，在奈良时代经朝鲜半岛传入日本，在日本的最早记载出自公元八世纪的《续日本纪》。

香橙在我国古代，曾被称为"櫾"（同"柚"，见《列子》），《吕氏春秋》中也提到"江浦之橘，云梦之柚"，根据所描述的植物外形、色味和产地可知，其中的"柚"指的是香橙。

Yuzu生长缓慢，为了加快其生长，还常常嫁接在枳上——这个家谱还可以更乱一点吗？

历史上，日本埼玉县是Yuzu的主要产区，但现在四国的高知县、德岛县和爱媛县贡献了主要产量，这里也是其他柑橘类水果的产区。

以上这段资料，综合了来自《中国植物志》、"知乎"平台、维基百科等书籍和网络平台的知识，大体上梳理了日本香柚的来源。对于大部分普通读者来说，了解植物学的专业分类颇为困难，各种方言和俗称的混乱更增加了认知的难度，恐怕只有依照栽培植物的命名规范，按其拉丁学名进行描述，才能准确表达其唯一性。

十几年前，宋伟来到日本高知县的马路村，见到那一棵棵柚子树。

当他听说马路村"靠着四万多棵柚子树，一年销售额有三亿元人民币"时，他感到大为震撼。

这香柚，最早是唐朝时从中国传到日本的。

宋伟想，要是把中国历史上的"香柚"重新引种回国，那该多好！

一 寻找香柚

如果能把香柚品种
重新引种回国，
那该是一件多好的事。

日本NHK电视台在二〇一九年推出一部纪录片。旅居日本二十年的厨师大卫·威尔斯和摄影师一起深入高知县中芸地区，拍摄了"日本之旅"系列中的一集，《探索日本柚子之路》。

在那里，日本柚子已成为人们日常生活的一部分。这种水果，今天已是日本烹饪中不可或缺的食材之一。切开柚子的果皮，其特殊的香味散发出来，能为菜肴增色，而酸酸的味道也能平衡食物的口感——任何一名日本大厨都离不开柚子。

田所正弥,是这家柚子农场的主人。大卫问他,现在每天能收获多少柚子。

田所正弥回答,四千个。

这里有一个特别的信息。日本柚子对于它的主人来说,不是以吨或公斤来论,而是以个数来论。这显示出它的珍贵。它算不上食用水果,因为直接吃的话,味道让人无法忍受;但它却以独特的香味和果汁,形成了巨大的市场需求。

宋伟注意到日本柚子的时候,其实是在他已经关注到各种柑橘类产品很久之后。

时光返回到二〇〇七年,上海。宋伟从上海虹桥的家乐福超市货架上拿起一瓶蜂蜜柚子茶。一罐五百克装的柚子茶,产自韩国,卖到九十八元。这在当时简直是天价。宋伟买了一罐,迫不及待地品尝起来。

真好喝啊!

正是这瓶饮料,开启了宋伟的商业新征程。

那个年代,韩国的蜂蜜柚子茶在中国并没有火起来,因为它的定价太高了。虽然货架上的产品卖不掉,但是宋伟凭他的商业直觉认定，这个产品未来会很好。

"配料很简单，就是蜂蜜和柚子，要带点养生的功效，比如说润喉、消食、理气等功能，味道也不错。"看到韩国产的蜂蜜柚子茶的第一眼，宋伟心里一阵欣喜。

他仿佛看到了饮料市场一抹新的曙光。

宋伟，毕业于上海交通大学，是上海恒寿堂药业有限公司创始人。"恒寿堂"主营营养品和保健品。长期浸泡在保健品市场的宋伟，正试图寻找一片"蓝海"，他想要做一款"药食同源"的产品。

他首先想做的就是一款饮料。蜂蜜柚子茶进入他的视野，让他十分兴奋。他在全球领域关注蜂蜜柚子茶，以及它们的产品配料表，发现各种正宗的柚子茶都选择了韩国产的柚子。宋伟那时对柚子毫无了解。印象里，像文旦那么大的就是柚子。而他手中喝到的那款蜂蜜柚子茶，其配料表上写着"黄金柚"。国内有没有"黄金柚"呢？"黄金柚"到底是一种什么柚？要做这么一款产品，他缺少最主要的原料：柚子。

他开始到处找柚子。

一支寻找柚子的队伍派出去了。他们在全国找来找去，找了五六种柚子。结果测试下来，只有常山胡柚才能做出近似于韩国蜂蜜柚子茶这样的产品。

常山胡柚是柚与其他柑类天然杂交而成的独特品种，唯浙江的常山县出产。这个果类，是当地的特产，也是老百姓增收致富的水果。

在那之前，宋伟甚至都没有到过常山。这个地方位于浙江西部，金衢盆地西部和钱塘江上游，与江西省相连，其地自然生态条件优越，交通也十分便利，在历史上素有"八省通衢，两浙首站"之称。

亚热带的四季分明、雨量充沛，孕育了常山的风物特产，其中最让当地人引以为傲的是胡柚、猴头菇、山茶油。

宋伟对各种柚子反复比较，从果形、酸甜度、耐贮藏、种植土壤的适应性等多方面因素进行综合考虑。他还品尝了许多柚子，最终，被常山胡柚甘中带酸、甜里微苦、苦尽甘来的丰富味道所折服。

常山人一直认为，胡柚性凉，清热润肺，富含多种维生素和人体所需氨基酸，以及磷、钾、铁、钙等微量元素，有独特的天然保健价值。

对于这些微量元素之类的说法，其实没有太多新意，任何一个水果，只要有耐心去检测，绝对都能列出一张长长的微量元素表出来。只是，对于常山胡柚的清凉润肺之功效，当地人可是推崇至极，甚至有个伤风感冒啥的，人们就用胡柚皮煮水来喝，汁水奇苦，但往往可收奇效。

当然，最重要的还是口感。胡柚的口感很鲜美，甜中带酸，滋味丰富饱满。宋伟最看中常山胡柚的还是这一点。

于是，从二〇〇七年开始，宋伟带着技术人员生产出了第一罐蜂蜜柚子茶。随后，"恒寿堂"在常山大量收购胡柚。

最多的一年，他们收购了三千吨胡柚。

当时，"恒寿堂"应该是尝了头口水。用宋伟的话说，他们是"国内第一家做出国产蜂蜜柚子茶的企业"。他将国产的蜂蜜柚子茶带到国内大卖场，定价在四十元一罐，比韩国的产品便宜一半多。

"我计算过，一罐五百克的蜂蜜柚子茶，能冲泡二十五杯，相信消费者都能接受。"宋伟说。

不出所料，"恒寿堂"的蜂蜜柚子茶一进大卖场，最火时，一天卖了二百六十罐。

一款蜂蜜柚子茶，一年为宋伟带来了一亿元的销售额。

然而，好景不长。到了第三年，蜂蜜柚子茶在全国遍地开花。恶性竞争的结果，是一轮又一轮的价格战。这让宋伟疲于应付，并导致"恒寿堂"的蜂蜜柚子茶销售额连年滑坡。许多电商开始将蜂蜜柚子茶作为店铺的引流款产品，宁愿亏钱也在卖。这种疯狂挤压式的营销，带来了破坏性的后果。

为了控制成本，二〇一三年，经当地政府协调，宋伟把工厂搬到了胡柚产地，在常山青石镇江家村征用四十多亩土地建立工厂。厂房搬过来后，成本是降低了一些，但产品依然没有在当地打开销路，市场一直疲软。

根本性问题没有解决，而同类的仿品零售价已经卖到出厂价甚至更低。路越走越窄，效益也很不好。宋伟的仓库里，收购来的胡柚大量积压报废，生产出来的产品也滞销了。

这样低层次的恶性竞争显然没有意义，宋伟决定重新换个赛道出发。

这是一次漫长的寻觅。

他去了韩国。韩国人用柚子做了蜂蜜柚子茶，但是看不到柚子做的其他产品——这条产业链不够长。后来他经人介绍发现日本也有柚子，而且产业链做得很好。于是他马不停蹄，立马就前往日本。

这一回的行程，让他大开眼界。

眼界决定认知。这一次，他在日本看到了很多不一样的东西，就像厨师大卫·威尔斯在高知县所看到的那样，柚子让人更新了对一种事物的理解。日本人把柚子做到了极致，除了果汁、精油，还有一百多种柚子相关的产品，从糖果、糕点、调味品、酒类到护肤品，琳琅满目。

这种柚子，日本人叫它"Yuzu"。

马路村，是日本有名的柚子村，地处深山。这么一个偏僻的小山村，硬是靠着四万棵柚子树，一年的销售额居然达到三亿元人民币。

不只是一棵柚子树，也不只是卖柚子。宋伟在这里得到最大的启示，是与柚子相关的那些另外的故事——无数游客奔着柚子而来，他们来到马路村，泡泡温泉，玩玩手工，住住民宿，买一些柚子产品回去。于是，柚子的产业就变大了起来。

马路村有自己的工厂和餐厅，原料也是自己种出来的。他们几乎不用过多营销，因为马路村的柚子太知名了。

宋伟后来自己写了一篇文章，来记录他去日本寻找香柚的过程，以及寻找过程给他带来的心理震撼。那时候，放眼整个中国，是没有哪个地方可以把一个单品的农产品卖成几亿元人民币的大产业的。更多的地方，农产品都只是满足于成品销售，深加工不多，更很少有把周边衍生品一并做起来的思维。这恰恰说明，国内对于农产品的认知还很单一。

这是一个宝贝啊。日本高知县的一名教授告诉宋伟，香柚就是从中国传入日本的，他手头有相关的资料可以佐证。"最初是在唐朝时，香柚从中国长江上游地区传到日本，在日本殖民朝鲜半岛时又传到了韩国。"

宋伟想，如果能把香柚品种重新引种回国，那该是一件多好的事。这事情，光想想就叫人感到激动——如果香柚能在日本成为大产业，那么回到中国之后，也完全有可能成就一番产业。

接下来，宋伟频繁地到日本出差，一连去了四五次。他越来越深入地走访，了解到香柚是个好产业，由香柚衍生出来的产品多达一百四十多种，什么化妆品、柚子酱油、柚子盐，吃的喝的，都可以融入香柚的精华，其产品力真是超级强大。既然香柚可以被制成柚子茶，能被制成精油，还能生产出一百多种各式各样的衍生产品，它就是一种不可多得的原材料。如果能把香柚和常山胡柚进行配兑，开发出一种新的饮料，那将是珠联璧合。

二

双柚合璧

> 只有坚定不移的信念，
> 永不停歇的脚步，
> 才能最终看到胜利的曙光。

上海。

我和朋友、资深媒体人陈统奎一起，前往"宋柚汁"的总部拜访宋伟。"宋柚汁"，一瓶迅速风靡市场的饮料，携带着巨大的创新力量，这力量到底从何而来？

事情还是要从宋伟对香柚（Yuzu）的寻访接着往下说——

宋伟自从在日本见识到香柚产业的强大之处后，他就萌生了要把香柚带回中国的想法。但是，要把香柚带回家，并不是一件简单的事。第一件事，就是要找到适合其生长的土地。

找来找去，他们找到了江西鄱阳县，虽然那里有大片荒地可供种植香柚，可冬天温度却显得过低，香柚可能要经受重大考验。香柚容易生柑橘黄龙病，这是植物界的"癌症"。冬天温度太高，冻不死木虱；温度太低，又会把柚子树给冻死。

后来又去浙江开化考察，那里温度虽好，但是地少山多，无法规模培育。

找来找去，最合适的，还是常山。

宋伟没想到，他即将要迎回来的老友，最终还是落到了老基地。柚子似乎生来团圆，冥冥之中，一切都有了安排。

他后来在自己的一篇文章里回忆说——

> 找到香柚品种以后，第一关，是要如何准时运到常山，海关检疫总会费太多时间，可柚子芽头超过三天就会枯萎。在检疫花的时间越多，留给自己的时间就越少。

那时候，总觉得自己开的是救护车，载的是重病患者，像是在和时间赛跑。

第二关，是嫁接。

过去那些年，在常山种胡柚的经验告诉我，只要嫁接得好，后面的问题就会迎刃而解。

归功于多年的胡柚种植经历，这个最难的环节，在小规模实验阶段，就被我们嫁接技术员成功克服。于是，开始大规模引进。慢慢地，嫁接好的幼苗开始生根发芽，成活率达到百分之九十八以上。

我感到欣慰，离它们回家，又近了一步。

二〇一五年下半年，宋伟把费力弄到的香柚枝条嫁接到常山县的这一片土地上。接穗存活了，一粒粒绽放出新鲜的生机。对于宋伟来说，这是一个希望的全新萌发。

有了胡柚嫁接的成功经验，香柚树苗的繁育也变得容易了许多。第一年，他们嫁接了十万株香柚树苗，第二年是二十万株，第三年数量增加到六十万株。

人们常说，"种一棵树，最好的时机是十年前，其次是现在"。

从事农业要有耐心,要学会等待,从一颗种子,到一株树苗,到一棵大树,再到一捧果实。

等一棵树长大,是令人煎熬的事。

对于宋伟来说,这种等待是值得的,因为他认准这是一条可以走很远很长的大路。

他也慢慢了解到,原先国内的湖南岳阳、宁波奉化等地,也曾少量引进过香柚的种植。当地人把香柚或相关原料返销给日韩。香柚这种果实,国内人们对它的认知度并不高,只能说是一种十分小众的植物,既不好吃,市场也极有限,只能返销给日韩。

但这一回,宋伟下定决心,要把香柚产业做起来。

为了解决资金问题,他居然把自己在上海唯一的一处已经住了十七年的别墅卖了。宋伟开玩笑地说:"占地十一亩的别墅卖出去,心里有滴血的感觉。"但换来的,是创业资金一亿五千万元。

宋伟清楚,要有所成就,有所牺牲是必须的。

但是,所有从事农业的人都知道,农业产业是一条艰难的道路,毕竟它还逃不脱看天吃饭的铁律。

刚开始种植香柚苗的三年中，各种极端天气频频出现，不是大旱就是寒冻。三年之中，宋伟的香柚苗损失了三分之一。这样的折腾，对于一个缺乏耐心的人，可能是无法接受的，但是宋伟把这些挫折看作是一种考验。

六年后，第一批香柚果终于沉甸甸地挂满枝头。

在宋伟的脑海中，他想做一款产品，必须是有差异化的。他做快消品行业二十年，知道行业里的潜规则，也知道快消品最需要的是什么。

他想到了常山胡柚与香柚的结合。两者都是柚子，一个清凉带苦味，一个清香宜人，如果能以香柚的香气弥补胡柚的苦味，加上二者原有的功效，双剑合璧，岂不妙哉！

胡柚与香柚结合创新的一款产品，一定是饮料市场让人耳目一新的东西，宋伟已经预见了这款产品将产生的影响力。

他决定把这款产品取名为"双柚汁"。

当时他并没有意识到这个产品成为爆款之后，被数十家蜂拥而至的企业模仿和"拷贝"，就连"双柚汁"这个名字也被原封不动地套用，以至于后来他不得不狠

双柚合璧

心把"双柚汁"更名为"宋柚汁"。

当然,这已是后话。

研发生产"双柚汁",最重要的一环就是胡柚和香柚的鲜榨。香柚的鲜榨,又是其中时间最紧张和生产最集中的环节。因为香柚鲜果一年只有一个榨期,就是在每年的十一月至十二月,香柚成熟之后,就要马上开始采摘加工。

这一环有多道工序。人工选果、去蒂、削皮,然后经过自动生产线的鼓泡清洗、针刺磨油和多个鲜榨工序,才能得到香柚汁原液。

待胡柚到位后,又要经过研磨、调配、灌装、灭菌等工序,才能制成"双柚汁"。

"双柚汁"研发出来之后,那一年六月份,终试产品成功生产,并开始规模投产。上市后每个月按订单生产。订单增长速度很快,从六月份的三万箱,很快到每个月十万箱左右。

那个夏天,许多人对餐饮市场上横空出世的"双柚汁"印象深刻。

工厂里,三条生产线开始生产,销售就成了宋伟首要的任务。他的策略，是从最难的地方下手。从常山县本地的三百家饭店开始，通过试销，打开顾客们的认知。

炎热的夏天，许多人第一次品尝到冰箱里取出的"双柚汁"，那清香馥郁、酸甜可口的丰富口感，一下子征服了大众的心。

二〇二一年底，天气最冷的一个月，"双柚汁"在常山销量达到一千箱。二三月份，数字到达两千箱。第二年，常山一个县的销售出货量就是三十六万箱。要知道，"双柚汁"的零售价，比一般饭店里的常见饮料要贵百分之三十左右。

这是一个惊人的数字。在一个常住人口才二十六万的小县，意味着平均每人要买一箱半。看来，这是一个具有巨大潜能的市场。

从零到一，宋伟看到了这款产品的爆发力——如果"双柚汁"在浙江的其他地方也能同样打开市场，达到常山的销售水平，这个市场将是不可小觑的。

很快，"双柚汁"开始引爆浙江市场。

香柚和胡柚的结合，迸发出无限可能。

在宋伟看来，当初狠心出售上海别墅的决策算是对了——产业的前景远远比一幢别墅的价值要大得多。

决定要种植香柚后，宋伟每年都会去日本几次，不停地学习和考察。他发现人家把香柚产业"玩出了花"，从种植、培育到加工，每一个细节都做到极致。

这和日本国民内心对每一种稀缺资源的珍视有关。同样是一枚小小的茶叶，被引进到日本以后，他们精细地把抹茶工艺一直保留到今天，而且发展出了幽微精深的茶道技艺。

这种"匠人精神"，或许是他们成功的原因。

之所以选择香柚这个产业，宋伟看中的有两点——第一是稀缺性，第二是长尾效应。

稀缺性，很好理解，香柚这个特定的品种，在中国它就是所谓的"野生的杂柑"，在宋代被人们当作调味品来用。现在这个品种在中国很稀缺。宋伟把这个产品重新规模引种到中国这片土地上，让香柚回家，用香柚创造的新的产品，一定是稀缺的。你领跑之后，如果别人也要赶上来，至少需要很多年，光是香柚树的种植就要六年。

香柚这个品种，在日本被开发出各种各样的食品、饮品，以及香氛、化妆品等广泛类别的快消品。宋伟在快消品行业打拼二十年，深知这种产品的厉害。这就是所谓的长尾效应，就是说，长期的尾部非流行市场的累加，有可能超过流行市场本身。大多数时候，人们把主要资源和精力放在少数重要的事情上，而忽视了大部分看起来不重要的事情。但是在当下，长尾效应有可能重新挖掘出那些不重要的部分，最终汇聚成一个大市场，形成与主流产品相当的或更大的市场份额。

所以，宋伟找到了香柚这个产品，用他自己的话说，"找到宝了"。

为什么一开始就要种植一万亩香柚？他要把香柚种成一个独立的产业，形成压倒式优势。

当"双柚汁"横空出世以后，几乎没有在广告上投入一分钱，这款产品就攻城略地一般占领了浙江各个城市的大小餐饮店。

"好产品自己会说话。"

宋伟是创业老兵了——二十世纪九十年代初，宋伟从上海交通大学经济管理系毕业,开始做期货生意,一直到七年后,他感觉金融这一行风险太大,虽然赚了不少钱,还是毅然退出期货领域,寻找新的领域。后来又收购了一个国营药厂,成立了上海恒寿堂药业有限公司。在经历很长时间的打拼后,他也亲历了保健品这一个行业的红利期与衰退期。

但是转到农业这个领域来,还是需要莫大的勇气。宋伟说自己是一个"农业小白"。但令他坚信的是,如果人生中能找到一件事是市场需要的,又有利于社会大众的,那么这件事一定值得做。

就这样,一个在种柚子这件事上几乎一无所知的"农业小白",跨进了农业产业的大门。

在对日本马路村的考察中,他从一开始的"不敢想",到后来的"干起来",经历了一次重要的转折。

一开始的"不敢想",是因为马路村的香柚产业,几乎很难复制。不仅是因为没钱——更因为造就一个这样规模的产业,需要时间,需要思维,需要上下游链条,需要创业环境,需要市场培育……试想,这样规模的一个产业,能振兴的岂止一个马路村?

一脚踏进农业门槛之后，宋伟面临的困境也是显而易见的——为了大规模培育香柚树苗，他投了巨资在土地上。有很多人知道，农业的投入简直是"无底洞"。在六年之中，大量的投入是看不见任何利润和回报的——因为那六年间，只见种树，看不见果实。

宋伟为此先后投入了上亿元人民币。

当时的宋伟，甚至心里做好了"最坏的打算"——他坚信自己的方向是没错的，如果有一天，自己真的撑不下去了，那就把公司卖掉。"大不了，我不要你的钱，我把这几十万棵香柚树都给你。你只要留给我百分之十的股份，以后的钱你继续投，我们照样能往下做，能把这个梦想给实现。"

对于一个企业来说，方向比行动更重要。

香柚树在它故乡的土地上茁壮生长的时候，宋伟却在咀嚼创业的艰辛。创业之路从来都充满艰辛，而创业者需要有强大的信念和超凡的耐力，才能在艰难面前保持冷静和坚定。有时候，创业之路就像是进入一条长长的隧道，长到你都看不到光明的出口，此时，只有咬着牙继续走下去。只有坚定不移的信念，永不停歇的脚步，才能最终看到胜利的曙光。

就在这个时候，常山县委县政府，也为宋伟提供了大力支持，给了他充足的信心。为了解决企业融资难问题，常山"两山合作社"通过收储、返租香柚苗，为宋伟的柚香谷提供近三千万元的资金支持。

除此之外，常山还出台了《"两柚一茶"产业高质量发展行动方案》，通过政策扶持、优化服务，助推胡柚、香柚产业扩面积、优品质、增效益。

"有政策、有资金，还有服务组跟踪服务，让我们倍感暖心。去年，我们香柚基地面临供水难题，就是政府部门帮助协调解决的。这样，我们企业就可以放开手脚干。"

宋伟知道，胡柚是一种非常小众的水果，而常山县在发展胡柚产业的数十年间，每一任县领导都全力以赴地支持这一产业的发展。因为小小一颗水果，牵涉着社会民生，牵涉着农民收入，一颗水果背后是数十万农民的生活。

可是胡柚这件事情，又很难，当地还没有找到标准答案——因为缺少深加工，产品附加值较低，受市场行情影响太大，价格也不稳定。有的年份，胡柚丰收了，价格却下跌得厉害，农民同样也挣不到钱。价格好的时候，往往又是产量较低。

可以说，这是种植业的一个"怪圈"。要破圈，恐怕只有做好、做深产业化，发展深加工，才是一条好路子。

现在，宋伟这样一个"农业小白"，在浙西的这片土地上勇敢地开荒拓地。可是，需要学习、研究的东西太多了——比如，连续三个月老天没下雨，你应该怎么办？半个月持续高温，每天最高温度都在四十摄氏度以上，香柚树还能保得住吗？有一年冬天，遇到寒冻天气，已经生长了五年的香柚树，最后冻死了四万多棵！每一棵树，都是宝贵的资产，更重要的是，时间不可再生。一个创业者，有多少时间可以被这样挥霍？宋伟甚至开始研究，如何在香柚树果园里加强风动——让风的流动变快，带来温度的变化；他还开始研究，如何借鉴北方葡萄园里的灯光去霜技术，在香柚果园实施保树行动……

每每想起这些经历，宋伟都会感叹一番，没有比农业更难的行业了。

当宋伟带着团队向市场推出"双柚汁"这款产品的时候,其实已是历经磨难后的曙光在望。"双柚汁"一炮而红,让宋伟觉得这条路子走对了。而在常山县领导看来,"双柚汁"的出现,可能为数十年悬而未决的胡柚产业发展课题,提供了全新的破题之路。

柚子产品

三 舌尖美学

如果只是盯着果汁本身来研发，
会陷入一个陷阱。
而难的是，
让一颗胡柚提供愉悦感。

在澎湃新闻客户端，二〇二二年九月二十八日刊发过这样一篇文章：《柚香谷的匠人精神，将消失一千三百年的柚子带回母国实现团圆》，文章署名"宋伟"——

"唐朝，岭南，有一条官道上马蹄声日夜不停。后来每个中国人都知道，那是给朝廷进贡的荔枝。可我敢打赌，贵妃绝对不会差人往长安运荆楚香橙。尽管香气四溢，可它酸啊，酸到入不了口。那时谁也没想到，被遣唐使带到日本的荆楚香橙,一千三百年后,被世人叫作日本柚子,还有一个日本名字Yuzu……"

是的,宋伟曾经也是一名文艺青年。当年在大学念书,虽然学的是理工科,但内心很热爱文科,平时也喜欢阅读古典文学作品。他也是老子的"粉丝",《道德经》中的片段随口即能背出:"上善若水,水善利万物而不争,处众人之所恶,故几于道。"老子的许多话,穿越时空,让他很有共鸣,他也从中悟出许多为人、处世、工作、经营的哲学。"为学日益,为道日损,损之又损,以至于无为……"

水善利万物而不争,宋伟说,他做"双柚汁"时,就常常思考,要给大家提供怎么样的一个产品。"必须是美的,是给大家提供愉悦感的,是利他的。"在宋伟看来,这三者是统一的。利他的事物,一定让人感到愉悦,也一定是美;美的事物,既给大家提供愉悦,同时也是一种利他。

所以,当我们仔细观察一瓶"双柚汁"饮料,会发现它的包装是很美的,无论瓶型,还是贴标上的配色,都让人产生愉悦感。瓶子的腰身,有一定的曲线,其底部也有柚皮的颗粒感。

产品提供什么样的核心价值观，这也是宋伟作为"双柚汁"的创始人经常要考虑的问题。此时，老子的话又冒上心头，"上善若水"。想想看，"双柚汁"不也是水嘛，是果实内部的水，来自大自然的水。最好的水，是利万物的，做不到利万物，那么利一物，也是大好之事。所以，始终是要做一瓶利他的水。

产品标签上的文案，有两句话，"清雅依旧，柚香如故"，正是宋伟自己的手笔。宋伟想要在这个产品里寄托一些理想，那就是一瓶饮料的美学。从种柚子开始——香柚四月开花，花谢之后结果，一直到十一月初采摘。果实采摘后，要在一个月内完成鲜果加工。半成品果汁，冷冻在零下十八摄氏度。香柚的果皮，用白砂糖拌匀后，也冷冻起来。从表皮中，提取精油，这是果实的精华所在。这种精油，也保存在零下十八摄氏度的环境中。

在一瓶一升装的"双柚汁"中，含常山胡柚六克，香柚二十一克。这两种果汁的比例，也不是随便调配的，而是经过了一道道的科学研发，才最终确定。这种比例，有时候很微妙，多一分则酸，少一分则腻。一瓶具有美学意义的，让人最喜欢的饮料，其中有一个重要指标，即"酸甜比"。

在聊到"酸甜比"时，宋伟说，产品研发的时候，他经常问自己一个问题——"我们难道缺的是一款果汁吗？"

一遍遍地问，答案渐渐显露出来："不，我们缺的是愉悦感。"

一瓶美好的饮料，是要为大众提供愉悦感的。

所以，"双柚汁"不避讳里头有糖的成分——没有糖，则没有愉悦感。如果用代糖，口味也会很怪。"一瓶饮料里头的酸与甜的口感，调得很经典。一瓶低浓度果汁，里面最大的成分还是水。"于是宋伟提出，"如果只是盯着果汁本身来研发，会陷入一个陷阱，以为自己要创造一款什么样的果汁。事实上，我们要提供的是愉悦感。最难的部分，也是让这个产品提供愉悦感"。

那一口饮料进入口腔的时候，那种爽感，那份快乐，是他和研发团队一直在讨论的议题。

那么，怎么把一个胡柚，或者说一个农产品，卖出愉悦感？

可能这是胡柚作为一颗水果，此前从未面对过的问题。

然而，随着产品销售的一炮而红，市场上出现的仿品也越来越多。《浙江日报》二〇二三年八月五日推出的一篇署名为"潮新闻记者　赵璐洁"的文章直击了这一现象——

> 胡柚是常山县的当家农产品。目前，全县胡柚种植面积达十点五万亩，年产量十二万吨。过去，常山胡柚以卖鲜果为主，附加值不高。近年来，该县以精深加工为着力点，打造胡柚全产业链。浙江常山恒寿堂柚果股份有限公司就是胡柚产业链上的链主型企业，公司在加工胡柚过程中引入香柚，推出网红饮品双柚汁。
>
> 但随着柚香谷双柚汁的走红，问题出现了：高仿饮料在市场上不断出现，产品商标名、标签、外观设计等都和柚香谷双柚汁高度相似，目前已多达

一百一十余款。在宋伟的办公桌上,记者见到了四种不同品牌的双柚汁,都为三百毫升或接近三百毫升的小瓶包装。"这几瓶是我从超市、电商平台买回来的。"他说。

单从外观看,透明的玻璃瓶,金黄色的瓶盖,再加上色泽相近,不仔细看真不容易判断哪一瓶是柚香谷双柚汁的"真身"。在宋伟的指点下,记者发现,有一款是改变了瓶身上拼音;有一款则是把瓶身上的图案从一颗柚子变成了两颗。

于是,柚香谷"双柚汁"决定更名为"宋柚汁"。

作为一款网红产品,二〇二三年仅半年的销量就超一亿瓶。"双柚汁"突然更名,对企业来说可谓伤筋动骨。但对于宋伟来说实属无奈——市场上各类高仿产品已达一百余款,谁是"李逵"谁是"李鬼",真假难辨,许多消费者无法做出选择。

更名"宋柚汁",官方给出的考虑有两点,一是区别于仿品,彰显"双柚合一"的产品特色;二是我国宋朝就已种植香柚,而浙江又与宋朝有着千丝万缕的情缘,

"宋诗之河"就是常山打造的一张金名片，改为"宋柚汁"，产品的文化内涵也将更加丰富。

对于"双柚汁"更名"宋柚汁"之事，宋伟倒是看得淡然，一个决定一旦做出，那就坚定前行吧。

只是，宋伟希望他做的产品，可以做到极致。

极致也是一种美。

譬如说，在长达十几年的胡柚种植历程中，他慢慢摸索出一套生态循环模式，并将其全部用在香柚种植基地的日常流程中。

他在香柚基地里养鸡、鸭、鹅、羊等家禽家畜，这些动物的食物是柚子加工剩下的果渣，当然还有基地里面的害虫，这又保护了基地的香柚。

这些鸡、鸭、鹅、羊的排泄物会被统一收集，成为香柚的有机肥。同时，家禽家畜又会为基地带来不少的收入。

除此之外，对于除草，他也做到环保生态化。

在秋天，香柚园里会播种一种名叫"长绒毛野豌豆"的种子。它长势极快，能够迅速爬满地面，不仅能让其他杂草无法生长，而且能涵养土壤水源。与其他豆科植物一样，长绒毛野豌豆具有固氮的作用。每年六月，当一季的长绒毛野豌豆结豆荚后，植株自然枯萎腐烂，变成有机肥料，润养香柚。

整个过程中，他种的香柚不用化学除草剂。采摘回来的香柚果实，就不会有一丁点的化学污染。

对一颗果实的尊重，在宋伟这里得到最好的表达。

匠人与匠心，是对劳作的尊重，也是对人生的尊重。宋伟希望自己的企业，能把匠心美学贯彻好，让香柚与胡柚的联袂，成为匠心代表作。

二〇一九年，对于宋伟来说，是一个值得纪念的年份。这一年年底，双柚汁研发成功并推向市场，开创了果汁赛道里的新品类。二〇二一年六月，一款市场流行的包装焕新上市。

此后，他还将继续围绕香柚推出调味品、糕点食品以及全线美妆护肤品等。

从荆楚大地走出去的香柚，目前在日本种植约三点五万亩，在韩国约有十万亩。现在，它们在中国大地上欣欣向荣，宋伟希望到二〇二五年，香柚种植面积扩大到三万亩。

胡柚与香柚，将在新时代，创造出新的"双柚传奇"。

四 沉浮十年

也许换一个年代,
换一个时间,
同样的事情就干不成。
所以,感谢时代给予的机遇。

"公路边卖,十块元一提。"

几乎在很长时间里,外地人都对常山胡柚有一个印象。常山胡柚丰收之年,很多果农缺乏畅销的销售途径,只好在穿境而过的国道边摆摊售卖,过路的大车小车司机乘客看见了,停车买上一袋。大多数时候,胡柚就用红色的尼龙网兜装着,一提卖个十元二十元。

虽说只是个再普通不过的场景,却给人留下这么一个印记,觉得胡柚卖不起什么价钱,是很廉价的水果。

卖胡柚

胡柚在马路边售卖的时间，通常是在寒冷的冬季到次年春季。天气寒冷，果农守在瑟瑟寒风中，等着时有时无的生意，着实令人感到心酸。

作为一种支柱性农产品，胡柚产业什么时候能真正给果农带来良好的收入，一直是当地政府着力要破解的难题。

二〇〇九年二月二十六日，《农民日报》刊发长篇通讯《胡柚悲歌》，呈现了当时胡柚产业的部分状况，并就其原因进行了解剖。文章写道——

"常山胡柚"，一种其貌不扬的野果，自上世纪八十年代在浙江常山县被发现后，短短十来年，就名震大江南北，成为常山老百姓致富的"摇钱树"。然而"盛极而衰"，到了近些年，"常山胡柚"一蹶不振，当年两块钱一个的珍稀胡柚，如今陷入两毛钱一斤也无人问津的凄惨境地。一些村民甚至挥泪砍起了柚树。

"常山胡柚"怎么了？这个具有传奇色彩的农产品品牌大起大落的命运引起了社会各界广泛的关注。

人们研究它、讨论它，试图找到起死回生的法宝，更多的人则希望从"常山胡柚"的兴衰中把握科学的规律，为中国农产品品牌的强势崛起提供借鉴。

文章中，亲历常山胡柚崛起的整个过程的浙江日报社记者徐晓恩，这位为常山胡柚写过三百多篇报道的常山人，跟农民日报社记者一起回顾了胡柚产业发展的几个镜头。

一九八六年，初出茅庐的常山胡柚抱回了全国优质农产品奖，时任省长的沈祖伦喜出望外，当即拍板，每年出资一百万元，扶持常山胡柚发展。当年的一百万元，无疑是个天文数字。尤其是在农业领域，尤其对一个贫困山区。

常山胡柚不负众望。此后，连年获得各种认证和奖励。

一九九三年，常山胡柚走上了中国农产品的"星光大道"，大红大紫的影视明星刘晓庆与常山胡柚"联姻"，不仅破天荒地为其做形象代言人，还在常山投资建厂，开发生产胡柚汁等产品。在杭州的订货会上，仅仅半天时间，刘晓庆就拿下二千四百万元的订单。

常山人尝到了胡柚的"甜味"。一系列精彩的策划不断问世，吸引了老百姓的眼球。

一九九五年，常山胡柚在京举办活动，盛情邀请一百多位老将军品尝胡柚。中国首任驻美大使柴泽民挥笔："常山胡柚，国之瑰宝"；九十一岁的著名胡子将军孙毅写下："常山胡柚，老区人民的摇钱树"；全国政协原副主席马文瑞则题词："柚王饮料，大有作为"。同年，常山胡柚获全国农业博览会金奖。

一九九六年，常山胡柚更是开了农产品品牌建设之先河，在中国国际航空公司飞往世界各地的数十条航线上播放专题片《常山胡柚》，打开了通向世界的大门。这一年，常山县被命名为"中国常山胡柚之乡"。

一九九七年，常山胡柚再获全国农业博览会金奖。胡柚种植面积迅速扩大，达到近十万亩。

次年,"常山胡柚"证明商标获国家商标局批准通过,这是浙江省第一个农产品证明商标,也是第一个有意识加以培育的农产品区域公用品牌。

常山的实践和探索,为摸索中的中国农产品品牌建设提供了新的方向。

至此,"常山胡柚"的发展达到了顶峰状态。在常山,胡柚不仅成为县里的支柱产业,而且是当地农民不折不扣的"摇钱树"。胡柚供不应求,卖到了两块钱一个。只要家里有棵胡柚,一年就能买台电视机。

胡柚的崛起,得到了水果专家的高度评价。多位园艺界专家称其为"中华第一杂柑",并把它提升到对调整整个长江流域的柑橘品种结构具有战略意义和作用的高度。一时间,"常山胡柚"大有与世界名果"美国西柚"一比高低、一决雌雄的气概。

但是好景不长。文章说,"在柑橘产业规模不断扩大的同时,在农产品供求关系急剧调整的同时,常山胡柚很快走进了发展的低谷,并且一蹶不振"。

"二〇〇九年一月中旬，记者前往常山作专题调查。站在常山县通往衢州的公路上，记者看到，公路两边，村头路口，到处是尼龙网兜装着的胡柚，村民们在苦苦等待，却难见买家踪影。这本是胡柚销售旺季，然而，往日车来人往、熙熙攘攘的场面荡然无存。"

记者还走访了合作社，这个合作社尽管做的是常山胡柚的生意，但打的却不是常山胡柚的品牌。消费者不认可，打了常山胡柚反而卖不出去，自然不敢打了。

特产站站长季土明也证实，在常山，一共有一百二十多家合作社，近五十家龙头企业，但真正打"常山胡柚"品牌的却不到一半。也就是说，常山胡柚有一半以上，假冒成其他柑橘品牌产品，被卖到了全国各地。

胡柚鲜果价贱滞销，那么深加工情况如何？记者又来到浙江天子果业有限公司，该公司是常山唯一的国家级农业龙头企业，也是国内鲜果加工的领头羊。但是，在该公司的深加工车间，记者看到，流水线上加工处理的并不是常山胡柚，而是来自云南和湖北的甜橙。公司通过加工甜橙积累资金，以图拯救常山胡柚。

不仅鲜果价格低而且滞销，深加工产品更是少而又少，作为常山的支柱产业，常山胡柚面临着严峻的考验。人们在惋惜之余不禁要问，常山胡柚盛极而衰的根本原因何在？作为农产品品牌中的一块"金字招牌"，常山胡柚将何去何从？

时隔十二年，《农民日报》在二〇二一年四月九日刊发了常山胡柚产业发展的续篇，题为《常山胡柚如何涅槃？》。文章署名为蒋文龙、朱海洋。

文章说，二〇〇〇年后，随着全国柑橘产业大面积井喷式发展，新品种如脐橙、丑柑、沃柑等纷纷登台亮相，而常山胡柚则因口感略苦，加上不注重产品质量的一致性控制和消费特性的宣传普及，遭到市场无情抛弃。原来两元一个的"瑰宝"，价格曾跌到六角一斤。最困难的时期，常山胡柚每斤两角三分都无人问津，果农欲哭无泪。

十多年过去了，常山胡柚如今发展得怎么样？

记者的走访，带来令人欣喜的消息——

"经过整整十年疗愈，我们已经在内部培育了几十家加工企业，目前开发的深加工就有饮、食、健、美、药、香、料、茶等八大类系列产品六十八个。"常山县农业农村局副局长杨兴良兴奋地告诉记者。

宋伟是深加工企业中的代表性人物。他在研发新产品过程中，发现了香柚的奇妙作用：这种连皮带瓤全身都是宝的香柚，与胡柚合璧，开发出"双柚汁"，这款既有香柚清香，又富含胡柚营养，口感上微苦又微甜的饮料，完全符合流行的消费趋势。

"双柚汁"投放市场后一炮打响，仅仅八个月时间，产品就铺货到了华东、华中、华南等多个市场。

宋伟的五年计划是，建成香柚基地二万亩，建立精油、果汁、果酱三条初加工生产线，年产香柚二点五万吨。

按照香柚和胡柚一比二的配比生产，通过柚子汽水、果酱、果糕、果冻、糖果等系列"双柚合璧"产品，就能将常山胡柚所有的加工果"消化"得干干净净。

常山胡柚独特的保健功能，让越来越多投资者瞄准这一产业，进行深加工开发。仅常山工业园区内，就有七家深加工企业，其中国家级龙头两家。

近年来，当地也大力开发胡柚的药用市场。

……

目前，整个常山的加工产品年消耗胡柚鲜果四万吨以上，占年总产量的百分之三十以上。

从过去的鲜果独大，到如今青果入药、加工成饮料食品，最后精炼制药，常山胡柚已经实现了"吃干榨尽"、全果利用。

胡柚深加工的异军突起，将一只胡柚"吃干榨尽"，直接带来了胡柚销售价格提升的良好结果。胡柚的销售，也打进了连锁超市。超市的价格和销量都比较稳定，同时对胡柚的质量也有较高要求。

胡柚还借助电商，直接面向消费者。"麦卡电商"的王新，为了让用户对产品质量放心，也自建五百亩基地。"每年销售都在两百万斤以上，不仅每年供不应求，而且价格都比较高。八斤礼品装胡柚，卖到了五十九元八角。"

"八〇后"女孩樊燕霞，从大城市回到家乡后，跟着父亲一起做胡柚生意。与老一辈不同，她一上来就搞绿色生态农业和电商销售，胡柚销路直线上升。

文章说，凡是自建基地的，标准和质量就有保证，价格就相对较高，销量也比较稳定。这种优质优价的良性循环，给传统种植的农户带来了不少启示。

汪明土、王新、樊燕霞等人对质量和标准的追求，其动力都主要来源于市场和品牌的倒逼。正是在这种反向推动中，每个人都在尽力突破影响产品质量的短板，让常山胡柚的整体质量有了明显提高。

记者还发现，与鲜销型企业建立基地目的不同，深加工企业涉足基地建设，往往一开始就是高、大、上，直接奔着一二三产业融合、农旅相融的目标而来——

> 对他们而言，在一二产基础上，进行资源整合、跨界发展，是延伸产业链、提高价值链的必然选择。

正是基于这一研判，常山规划实施了百亿芳香产业园、衢枳壳大健康科技产业园、青石胡柚小镇、漫溪柚谷胡柚主题公园等一大批重大项目，希望打破传统的产业界限，实现生产力的新发展。

艾佳果蔬是常山乡贤钦韩芬创建的国家级农业龙头企业，不仅在加工方面有所作为，建成了年产三万吨胡柚速冻与鲜榨果汁生产线，可全年度供应新鲜胡柚、NFC胡柚鲜榨果汁，而且在二〇二〇年一月，与同弓乡政府签订总投资五点八亿元，总规划用地四千三百亩的胡柚三产融合项目合作协议。预计项目完成后，年总产值可达十亿元以上。

恒寿堂是三产融合的另一"领头雁"。现在，柚香谷园区已经引进栽培了六十万株香柚，完成六千亩定植。该园区不仅有生态种植、农业观光，还有农事体验、度假休闲、高档民宿、特色餐饮等项目，预计完成之时，将创造三十亿元产值和三亿元税收。目前，该园区已经列入浙江省第二批农村产业融合发展示范园创建名单。

新闻是纸上的历史。

《农民日报》的两篇文章，正如两幅照片，为常山胡柚在不同的历史阶段留影存照。

正如文章所说，通过十多年的蝶变，产业延伸，跨

卷贰 柚见

界发展，常山胡柚已经走出低谷，步入健康、稳定、可持续的发展轨道。

随着宋伟的脚步走进"柚香谷"，可以看到生产线上，一瓶瓶"宋柚汁"正在飞快地灌装、生产。柚香谷的三条数字化高速灌装生产线，每日产能为十二万箱。宋伟相告，如果开足马力生产，每小时大约有五点三万瓶"宋柚汁"走下生产线。如果生产易拉罐，则每小时可以生产七点二万瓶。

除了"宋柚汁"这个拳头产品，柚香谷的双柚乳酸菌饮料、柚子酒也已投产。之后，还将陆续推出苏打水、个护香氛、柚子酒、香柚啤酒等系列产品，满足消费者不同消费场景下的需求。

宋伟给我们算了一笔账——目前，公司有一万二千亩香柚基地。用来配兑这些香柚的常山胡柚，每年约需一千五百吨胡柚，这对常山胡柚产业是很大的带动。

这一万二千亩香柚基地，约需定期员工四百人，每人月工资四千至五千元，一般每个基地还需临时用工七八人，工资按每人每天两百元以上，那么平均每一亩地，每年需支付的劳务用工费在一千五百元以上。

柚香谷的员工，九成以上是常山县本地农民，且一半多都是六十岁以上的村民。他们在家门口能挣到钱，是一件非常开心的事。

在宋伟的蓝图中，柚香谷将会培育三万亩香柚树。之后，将采用"公司＋农户"的方式，带动百姓共同种好胡柚和香柚。

以第一、二产业为基础，通过三产融合发展，吸引农民在家门口就业，通过土地流转、植保劳务、采摘劳务、生产制造劳务，以及度假区带来的观光、住宿、餐饮等收入，促进民生就业，反哺农村经济，促进共同富裕。

拥有产业思维，才能更好地助推乡村发展，让每一寸土地都带来良好的经济收益。

公司的目标，是达到"双柚百亿"，即达到百亿元产值。

对此，宋伟很有信心。柚香谷接下来也会在西南建立香柚基地。"一旦百亿元业绩实现，那么常山胡柚的价格将成倍增长，柚农的收入将大大提升，这将让常山柚农受益更多。"

二〇二二年春节过后,宋伟和他的柚香谷走上了领奖台,获颁一项沉甸甸的奖励——常山县"县长特别奖"之乡村振兴产业之星奖。

到了年底,公司也获评衢州市"十佳共富龙头企业"。柚香谷成为衢州市柑橘产业的龙头企业,为当地共同富裕事业带来卓越贡献。

二〇二三年四月,在第四届衢州人发展大会上,董事长宋伟获得了"年度杰出新衢州人"的殊荣。随后第一届乡村振兴品牌大会,柚香谷被授予"产业振兴典型案例"奖牌。

二〇二三年九月,柚香谷入选农业农村部第一批国家现代农业全产业链标准化示范基地创建单位,成为浙江省获批的八家企业之一。

这也标志着,柚香谷成为浙江省柑橘种植业的代表典范,充分展示了柚香谷在柑橘种植领域的典范地位,为整个行业树立了标杆。

宋伟说,柚香谷可以说是一个"从土地上生长出来的企业",这样的企业,唯有脚踏实地,才能走得更稳,走得更远。

五 产业思维

> 产品是死的,但文化是活的。
> 只有产业思维,
> 才能造就乡村振兴的未来。

陈统奎第一次到马路村时,就被那里的柚子(Yuzu)产业震撼了。

和宋伟一样,他也是抱着学习的态度去马路村的。陈统奎是新上海人,二〇〇五年从南京大学新闻传播学院毕业,进入上海《新民周刊》做记者。后转任《南风窗》杂志上海站记者。

二〇〇九年起,他开始返乡创业,在上海与海南岛之间飞来飞去。

陈统奎的家乡在海南岛火山村。村庄三百多人，土地三千多亩，其中约两千亩种植荔枝。

陈统奎的回乡创业，从挖水井、修山地自行车赛道、做民宿开始，再到创立火山村荔枝品牌及火山荔枝相关产品，以行动倡导青年返乡，再造魅力故乡。陈统奎的返乡事迹，被湖南卫视《天天向上》、日本NHK电视台、美国国家地理频道《鸟瞰中国》等拍成纪录片，他本人还曾受邀赴哈佛大学商学院等地演讲。

二〇二〇年，陈统奎出版《从故乡出发，从世界回来》一书，传播自己关于乡村建设的理念。

他为自己未来十年的工作方向写下一句话——"成为和成就六次产业家"。

在与宋伟和他的柚香谷团队做过多次交流以后，陈统奎更加坚信了这一点。

陈统奎更像是一位乡村振兴的实践者。而宋伟的成功探索，无疑给了陈统奎最好的印证与信心——只有产业思维，才能造就乡村振兴的未来。

马路村坐落在一个山坳里，被海拔一千米左右的群山环绕，其与外界隔离，森林覆盖率很高。曾经的马路村以卖树为主要经济来源，一棵树能卖一百万日元。村民们富得流油，因为山上的树砍下来都能换钱。

从一九七九年开始，政府立法保护生态，村民也被断了财路。没了经济收入的村民纷纷外出谋生，人口数量由原来的三千六百多人，锐减为不足一千人。

不能砍树，不能卖木头了，村民们靠什么谋生？

马路村能存活下来，其中两个人起了非常关键的作用。一个是村长上治堂司，一个是农业协会会长东谷望史。

在村落生存与未来的转型节骨眼上，他们一起带领全村"伐木工"转型，成为"六次产业创业者"——

他们种植有机柚子，再组织村民把柚子进行深加工，制造柚子果酱、柚子饮料、柚子汤料等，同时修建温泉民宿、农林产物直卖所，吸引东京、大阪等大城市消费者来马路村游玩，体验式消费。

后来人们知道了，马路村的柚子，成为全日本知名的产业。马路村的柚子，其实就是香柚，他们从韩国引进的品种，其最初的产地就在中国。

从上世纪七十年代的探索开始，马路村打造了柚子的全产业链，从生产、加工、销售到文旅、文创产业。

所谓的"六次产业"，并不是一二三产业融合发展就完事了。它还需要"农村形象"，用比较流行的语言来概括就是"场景营造"。

往深里说，它也是品牌建设。从上治村长讲马路村的品牌化时，在他的PPT上，马路村的LOGO，是和LV、香奈儿等国际奢侈品牌并排在一起的。

有人问，马路村的成功密码是什么？

上治村长回答："粉丝！"

他说，只要有很多粉丝喜欢来马路村玩，喜欢买马路村的产品，马路村就能继续活下去。

从观光看，马路村似乎不算"很厉害"，每年到村的观光客人数也就大约五万五千人。但是，从六次产业看，马路村又是名副其实的成功案例。

它的常年购买者，即所谓"铁杆粉丝"，约六千一百人。但在二〇一五年，马路村实现的总销售额已超两亿元人民币。

做一个对比：上海崇明岛有一个薰衣草主题公园，

它一年吸引十多万人次入园观光，可是营业额才八百多万元人民币。

陈统奎曾多次来到马路村，学习他们种柚子的经验。他在马路村，听上治村长讲故事，村长非常热情好客，给他送上一瓶"Gokkun马路村"的饮料。这是一罐用百分之十的柚子汁，加上百分之九十的水制作的柚子汁饮料。除此之外，没有任何添加物。

这样一瓶饮料，柚香浓郁，口感甘甜，仿佛喝下的是一整片柚园的清香。

喝完之后，陈统奎心里想的是，"还想再来一瓶"。

毫不夸张地说，在仅仅喝了一瓶柚子汁之后，陈统奎也成了马路村的粉丝。

怎么评价这瓶柚子汁呢？陈统奎后来的总结是，把单品做到极致！

"种的时候达到有机，加工的时候毫无添加体现原味道，包装还很有创意。在这个地球上，在哪里还能见到这种饮料？真的不多，它贵，但是深受粉丝喜欢，而且一旦喜欢上了，回购率很高，纷纷成为'铁粉'。"

"Gokkun马路村"的启示，就是"单品冠军"思维——以最执着的匠人之心，死磕单品，并将单品做到极致，成为核心竞争力和品牌效应的农创单品。

当陈统奎看到宋伟的"宋柚汁"也正朝着这样一个方向奋勇前进的时候，他不由自主地感到兴奋。

马路村的地理位置不佳，产业也比较缺乏。但是，一颗柚子，富了一个村。这个"一村一品"的农业发展模式，让马路村成为日本鼎鼎有名的富裕村。

"一村一品"，诞生于日本，不仅加速了全国农业产业化发展，也推进了日本农业现代化的进程。同时，培育出营收超亿级的乡村产业，帮助日本农民赚得收入。

据统计，大分县已培育具有当地特色的产品三百多种，总产值达十多亿美元，居民人均收入连续多年位于日本九州地区第一位，居于全日本前列。

总结日本的成功经验，我们今天推进现代农业发展，不仅要以"品"为核心，更要注重产业的塑造。

马路村的核心产品是柚子。它也成为村庄发展的唯一希望。其实，马路村的柚子原本也不具有市场优势，关键是，马路村以"柚子"为切入点，嫁接了文化和产业思维。

一开始，马路村通过加工柚子果汁、果酱走上了快速发展的道路。此后，为了不断提高柚子产业的附加值，产品的种类不断拓展。除食品外，马路村建立了一座完全依赖柚子作为原料的化妆品工厂，通过与科研机构合作，已开发出柚子香皂、化妆水等护肤产品。

马路村以柚子为核心，打造了一个产品生态圈。将单品做到极致，形成具有核心竞争力的农特产品。这就是马路村的"爆款"逻辑。

在马路村，你能明确感受到这里的品牌意识。广告、照片、海报，甚至销售用的小册子上，都有着统一的形象、字体和传播文案。

因为成功地树立了品牌形象，"马路村"也成为品牌。马路村和它的一系列的柚子产品一起，源源不断地生长出活力。

是的，马路村的发展，是把整个村落做成品牌进行营销。马路村把自己的品牌建设，提升到文化高度来对待，吸引一批批游客前来体验和游玩，也吸引更多的志愿者前来体验生活，参与乡村振兴。

如今的马路村，每年要接待三百多批考察团、参观团，还有许多来自城市的年轻人选择到马路村办企业，就连农业协会职员也有一半是外来人员。

不断注入的新鲜力量，更为马路村带来了源源不断的生机。

马路村的故事，同样也给宋伟带来触动。从在常山县的土地上种下第一棵香柚树开始，他内心的梦想就不断地生长出来——培育三万亩香柚树，让香柚成为造福一方、带富一方的核心资源；通过三产融合，以农业生产种植为基础，带动农产品深加工和观光、旅游、餐饮等收入，促进就业；通过香柚产业发展，推动乡村振兴、共同富裕。

陈统奎决定，也要在自己的故乡实践产业路径。

他在深入考察"微热山丘"、马路村、"茅乃舍"等成功品牌后，终于豁然开朗——必须从"一村一品"迈向一二三产业融合发展的"六次产业化"，才能真正做出农业的价值。

他决定走农业产业化之路，专心在老家火山村打造农产品种植、加工、销售"一条龙"全产业链，把家乡的荔枝加工成荔枝啤酒、荔枝冰激凌、荔枝干面包等日常消费品，并在火山村营造消费场景，邀请四面八方的城市客人来村做客。

这条路，并非一帆风顺。

一开始，他学习微热山丘的凤梨酥搞荔枝酥，结果卖不动，亏了一百多万元。"那是我当时全部的创业资金，差点废掉武功。"

但是他没有放弃，后来又尝试荔枝干面包、荔枝冰激凌、荔枝精酿啤酒和荔枝汽水。他专程带上荔枝精酿啤酒去德国取经，参访德国黑森林中拥有三百多年历史的啤酒大厂。

遗憾的是，荔枝冰激凌一年才卖了两吨，荔枝精酿啤酒一年才卖了二十吨，都不算成功。

最终，市场验证成功的是荔枝汽水。

二〇二一年，火山村的荔枝汽水卖了一千多万元，而陈统奎对未来的希望是，光靠这一个产品，年销售额超过一亿元。

陈统奎喜欢探索全新的事物，也愿意做开拓者，为后来者探路架桥。这些年的实践证明,他每一步都比较超前,也带领了一群人走上返乡道路。

陈统奎说,在他的内心深处,他是一个非常热爱乡村的人,"但这不等于我不热爱城市。我很幸运,我实践的'半农半X'生活,让我能自由地往返于城市与乡村之间"。

也正是这种跨界的姿态,让他找到了更多成就村庄的方式。"去做乡村振兴的人,不一定非要苦哈哈的。我们要先照顾好自己,才有余力去帮助别人,帮助自己的村落,帮助更多返乡创业者。"

这些年,陈统奎看到太多返乡青年创业的失败案例:投资几千万的失败了,曾经营业额几千万的也失败了。他分析后的结论是,之前部分创业者的成功只是电商红利等时代机遇的成就,而非真正掌握了返乡创业的秘诀。

他曾跑遍全国,把昆山计家墩、成都明月村、河南修武大南坡、莫干山庾村等许多名声隆隆的乡村振兴案例作了分析之后,看到两点关键不足。

一是,大多数村庄,只停留在搞硬件建设的美丽工程上，投资不论大小，都是只看见设施（包括民宿、酒吧、咖啡馆等经营性空间），没有看见人的价值。其实，最应该投资的是人。

二是，大多数村庄还停留在生活方式创业的初级阶段。尤其是扎堆搞民宿，把民宿变成一种投资行为。生活方式创业的本质，是创业者在有了财务自由和一定财富的基础上，为了追求不一样的人生，一边享受生活，一边经营，根本不是投资求回报的商业逻辑。在国外，生活方式创业者被称为"生活作家"，就是一直在生活中工作的状态，最吸引人的是他们身体力行的理想生活状态，而不是说他们因此赚了多少钱。

日本返乡青年的领头者盐见直纪，是陈统奎非常推崇的人。正是盐见直纪提出了"半农半X"的生活理念："一定有一种生活，可以不再被时间或金钱逼迫，回归人类本质；一定有一种人生，在做自己的同时，也能够贡献社会。"陈统奎正在实践这样一种理想生活。

陈统奎希望，能在自己的家乡，用好当地的高速公路服务区的相关政策，打造一处火山村荔枝主题商业设施。而这会成为火山村六次产业的"理想入口"。

"城市与乡村之间一定要有一个连接器,这个连接器是什么?"

这是陈统奎经常在思考的问题——答案是不确定的——有可能是一瓶"宋柚汁",有可能是一罐"火山村荔枝汽水",也有可能是其他的东西,比如一袋"父亲的水稻田"大米或米酒。

他找到宋伟的时候,也向宋伟提出同样的问题。

因为一颗柚子,他和宋伟一样在不同的地方,用不同的方式,实践着乡村的理想。

在他们的内心,有一点是一致的——土里土气的农产品,一定不是未来,而是要将它变成时尚的产品,只有这样的连接,才能拉近城市人与乡村的距离。

到那时,农业生产者才不用"看天吃饭",也不再受剧烈的价格波动的伤害,才能过上更有尊严、更富足的生活。

六 未来已来

> 柚子与人生，或许是相互的遇见，或许是彼此的成全。
> 一辈子能全情投入在一件事情上，那是很幸福的。

在有限的时空里，宋伟非常热爱的事情并不算多。读书算是一件。读书能让他的内心变得安静，并且可以用一种超脱的外部视角来观察自己、审视自己。

他读得最多的一本书，就是《道德经》。

读着读着，他把自己读成了老子的粉丝。

宋伟出生于一九六八年，三十来岁的时候已经在上海滩成为一个成功人士了。当然那时候，他对于成功的认知跟现在不太一样。那时候，他特别想要证明自己。

似乎"证明自己"才是人生的目的一样。

几年之后,他已经把《道德经》翻来覆去地读了好几遍。他开始发现,"证明自己"这件事已经没有那么重要。一个人要是能去做自己想做的事,实现真正的自由,才是最大的幸福。

那些年里,上海这座城市正在发生着巨大的变化。每一天,世界好像都会变一个样。这样的巨变里,隐藏着无数的机会。

要是换作从前的宋伟,他会为这些失去的机会感到可惜。

后来他已明白,机会永远都掌握在自己的手中。

一个人,如果三十岁想做什么事能做成,那么他在六十岁甚至七十岁时想做什么事,也依然能做成。这就是他的信念。

现在,老子的话成了他的座右铭:水善利万物而不争。

想想看,褚时健,七十四岁了,还在玉溪哀牢山承包荒山,开始第二次创业——种橙子。种一棵树,要六七年后挂果,十来年后丰产,那个年纪的他,还有耐心做这样长远的事。有的人，是永远不会被打败的。

宋伟与一瓶柚子茶的相遇，也是人生中的美妙机缘。

抓到这样一个天赐良机，有这样一次展开无限想象的机会，他不会随便放弃，一定会拼搏一把。至于是不是世俗意义上的成功，他不再纠结了。他相信一句话，三分靠打拼，七分靠天意。只要努力去做了，结果自然会来到。

世上很多事，本来都是偶然的因素促成。

柚子与人生，或许是相互的遇见，也或许是彼此的成全。宋伟说，如果换另一个年代，换另一个时间，同样的事情，也许就干不成。

而一个人，一辈子，能全情投入在一件事情上，那是很幸福的。

随着"宋柚汁"风靡市场，香柚这个"宝藏水果"也逐渐被大众所熟知。

在日本，一个看起来毫无天赋、出生卑微的品种，因其肉瘦、味酸、几乎无法食用而曾经被人嫌弃的柚子（Yuzu），后来因为被挖掘出独特的价值，而找到了存在的意义——这几乎像是一个寓言故事——丑小鸭变成白天鹅。柚子成功逆袭,逐渐成为日本饮食文化和生活习俗里不可或缺的部分。

随着各类食品厂商与护肤品厂商工作的加深,人们对柚子的深度开发和营销,成功将"柚子风"吹到了欧美。

时至今日,日本与欧美针对柚子的产品开发进行得如火如荼。其因富含具有促进血液循环功效的柚皮苷,而被广泛应用于日化领域中;因富含维生素和矿物质,而被作为功能性风味物质应用于食品饮料的开发,等等。

柚子胡椒、柚子味噌、蜂蜜柚子醋、柚子皮蜜饯、柚子生姜饮品……除了这些食用产品,还有柚子沐浴剂、柚子面膜等产品,可谓数不胜数。

由此,作为一颗水果的"人生价值",得到最大化的呈现。

在更长的时光之河中,上苍对于万事万物显然是公平的。许多物种之所以能存活至今,一定是给这个世界提供了某一些不可替代的价值。有些看起来毫不起眼的东西，似乎并没有任何价值，那也有可能，只是暂时没有被看见而已。

万物都在等待一次机遇，迎来一场逆袭。这常常需要蛰伏很久，等待很久。你必须足够坚定，足够耐得住寂寞，而且，要对未来拥有足够的信心。

一颗胡柚，是不是也将迎来属于它自己的荣光？

跨越一千年时光，跨越山海，两只柚子，在历史的长河中发生美妙的碰撞。

一只是香柚，一只是胡柚。它们一个以香气见长，一个以风味见长，二者的完美融合，正在创造和书写全新的时代故事。

这样的跨越，离不开当地政府从企业到产业的创新推动，也离不开企业对于消费者诉求的精准把握。

企业的创新力，宛如一股强劲的风，直接推动社会的进步。在这个瞬息万变的时代，那些敢于创新、善于冒险的企业家和企业，正在通过他们的力量，改变世界的面貌。

阿里巴巴，带着一个简单的梦想出发，从一个不起眼的网络公司，成长为全球电子商务巨头。这个公司通过创新性的电子商务平台，不仅改变了中国数亿人的购物方式，还为无数中小企业打开了通往全球市场的大门。阿里巴巴的成功，直接推动了中国电子商务的飞速发展，也为全球电子商业生态注入了新的活力。它将无数人的生活方式与数字技术紧密相连，让商业变得更加高效和便利。

美国的特斯拉和Space X，也走了一条科技与梦想融合的创新之路。他们的产品正在彻底改变人们的交通和航天工业。特斯拉通过电动车的普及，推动了全球新能源革命，减少了碳排放，带来了可持续发展的未来。Space X则是让人类对于太空的想象从梦想变为现实。通过降低太空探索的成本，这些产品让人们有理由相信，未来某一天人类可以在火星上生活。

很多企业家的创新，不仅仅是技术上的突破，更是一种激励和启发。创新的力量可以超越现有的局限，重塑人类对未来的想象。越来越多的企业家开始思考如何通过创新解决人类面临的巨大挑战。无论是气候变化还是能源危机，创新企业家的努力，已经成为推动社会进步的重要力量。

一东一西的两个案例，向我们展示了企业创新力的巨大潜力。它不仅推动了商业模式的升级，还为全社会提供了新的解决方案和思考路径。这些创新的企业和企业家，正在书写着属于我们这个时代的传奇。他们不仅改变了自己的命运，也通过他们的创造力，改变了世界的未来。

企业的创新，不再仅仅关乎经济增长，它正成为社会进步、科技变革乃至人类命运的核心驱动力。这股力量，正引领我们走向一个更加智能、更加可持续的未来。

一片胡柚的青果干片，也是一味药材，叫作"衢枳壳"。

胡柚的药用价值，一直被人所称道，却长期缺乏真正深入的科学性研究与产业化探索。近年来，由常山胡柚青果片炮制的药材"衢枳壳"，已被列入《浙江省中药炮制规范》和"新浙八味道地中药材目录"，衢枳壳配方颗粒也成功进入部分医院临床使用。

百年国药名企胡庆余堂、江中制药皆看中胡柚的功效，研究开发出了胡柚膏，市场反响很不错。

从过去的鲜果独大，到青果入药、加工成饮料食品，再到精炼制药，常山胡柚已经走上精深加工、全果利用的光明大道。

一颗水果已然改变它的命运。昔时，它被摆放在尘土飞扬的马路边等待顾客，或是被贩销户在异地城市街头低价售卖。今日，因有了加工企业的支撑，常山开展胡柚和香柚全产业链的长足发展，直接带动了胡柚鲜果的价格。曾经五毛一斤的鲜果无人问津，今日的胡柚精品果卖到了一颗十元，远销东南亚地区；柚汁产品畅销长三角地区；常山胡柚的公共品牌价值超过十二亿元；常山胡柚国家级地理标志农产品品牌价值超过一百亿元。

又一个深秋来临。

常山江，是钱塘江的源头，一江碧水流淌千年，两岸田畴遍地金黄。山野之间，胡柚和香柚园中硕果累累，金风送来柚子的清香。人们走进果园，采摘甜美的果实。

在天马街道的天安村、和平村,连片的香柚基地达到三千亩,这是国内最大的香柚种植基地。工人们正忙着采摘香柚,脸上洋溢着丰收的喜悦。

在艾佳果蔬位于同弓乡太公山的胡柚基地,共富果园里也洋溢着笑声。这是艾佳发展现代农业打造的精品有机果园基地,规模连片、智能管控、绿色高产,实现胡柚品质提升。果园内,不断有游客前来观光游览,参与胡柚采摘。

在漫山遍地的柚园中,穿梭着忙碌的柚农。村落中炊烟升起,人们开着汽车,推着三轮车,满载收获,走在归家的路上。

每当这样的时候,宋伟也好,钦韩芬也好,他们也化身果农,隐入林间。

没有什么比大地上的丰收更令人喜悦了。

也没有什么比沉甸甸的果实更叫人心安的了。

卷叁 入戏

一部廿四史,演成古今传奇,英雄事业,儿女情怀,都付与红牙檀板;百年三万场,乐此春秋佳日,酒座簪缕,歌筵丝竹,问何如绿野平原。

一

戏迷：长满胡柚的村庄

不大地方，
可家可国可天下；
寻常人物，
能文能武能神仙。

有时候，你会觉得人生就是一场戏。这戏里，充满了巧合，充满了意外，也充满了隐喻。这场戏里的人，投入其中，闪闪发光，泪中带笑，笑中带泪。

这么说吧，似乎一切都是顺其自然，一切都是水到渠成。只有等到八年十年过去，二十年三十年过去，再回头一看，原来一切的一切，就像戏里唱的那样，早早就种下了一颗种子，藏下了一段因缘。

也唯有此时，人们才会恍然大悟，原来所有的事情，早就注定了。

所以，许多年后，周志胜会觉得，自己这一辈子，绝不是自己选择了"演戏"这件事，而是"演戏"这件事注定就选择了他。

谁说不是呢？

二〇一三年的某一天，有人来找他，说是要演个戏。

演个戏，怎么来找他呢？

人家说的，"你不是喜欢文艺吗？你看看我们这个县城，还有谁比你更爱文艺呢？"

那个年头，喜欢文艺还是一件特别让人自豪的事。周志胜办了个厂，生意做得顺风顺水，业余时间他有点小爱好，喜欢玩音乐。

这个县城有点远离大城市，文化生活相对贫乏。那些年，除了歌厅舞厅录像厅，就是麻将棋牌游戏机，县城里有家电影院经营得半死不活，一场电影通常也就稀稀拉拉几个观众，有一家越剧团，早先也是红红火火的，结果九十年代还没到，这家越剧团解散了。

周志胜就爱玩个音乐，他的小伙伴叶朝晖也喜欢玩音乐，几个人经常凑在一起，说是一个乐队，也没有正经的演出场地,无非有时候在街角弹唱两首,或是在谁家的院子里唱半天,图个自娱自乐。

这天,来找他的人不是别人,正是乐队好友叶朝晖。叶朝晖平时在常山青少年宫担任器乐老师,跟他无话不说。这回来找他,喝茶,聊天。聊着聊着,他忽然说:"志胜兄,你喜欢越剧不?"

"喜欢呀,小时候经常看戏。"

"那这样,我听说有一台戏想搬上舞台。我们县里的越剧团,不是早就散了吗?我老爸一把年纪了,到处跑,跑了半年了,找了好多民间剧团,唉,弄不成。"

"怎么就弄不成呢?"

"太业余了。"

叶朝晖的老爸叶文华,周志胜早有耳闻。他是原来常山越剧团的副团长,也是团里的编剧,当年常山越剧团解散后,老叶就被分流到了常山文化馆,负责县志的编辑工作。老叶在编写县志、整理史料的过程中,发现常山何家乡樊家村的樊莹,官至刑部尚书,为官清正廉洁,当地流传着许多关于他的故事。

老叶八十多岁了,老编剧的职业习惯让他不想放过这个好题材。"樊莹是我们常山人,这样的人物不挖掘,那是本地文化人的遗憾。"好几年里,老叶一直想写这个剧本,可惜原来的剧团解散了,就算老叶的剧本写好了,找谁来演,放哪里演呢?这个故事,老叶搁在心里,始终觉得遗憾,也始终无从着手。

老叶一直在收集樊莹的资料,等待一个机会。

后来,老伴患病在床,老叶自己跌倒伤到了腰,卧床休息的时候,他内心的想法愈加强烈起来。

周志胜的老家在箬溪。

那是一个漫山遍野种植着胡柚的村庄。关于村名的由来,箬溪的村民们说,村里有一口古泉,泉水形成溪流,两岸盛产箬叶,故而有"箬溪"之名。出生于一九六九年的周志胜,对于箬溪这个村庄的气息是如此熟稔——小时候记忆最深刻的时节有两个,一个是过年,一个是演戏。对于箬溪这样的小村庄来说,演戏,也几乎是和过年一样隆重的节日。

上世纪七十年代,大多数村庄还没有通电,村庄的夜晚处于一片幽暗之中。村民家中照明一般用煤油灯盏或蜡烛，行走夜路则靠松明火把。唯有在演戏的时候，村庄的夜晚亮如白昼，主事者不知道从哪里借来发电机，这种神奇的设备会照亮整个村庄。周志胜在数十年后依然对童年里这样的夜晚记忆深刻，它提供了一种有别于日常的气氛，既有节日一般的喧闹与亢奋，又有一种近乎神秘的仪式感——他看到许多演戏的人穿上鲜艳的戏服，在乡邻们层层环绕的古老戏台上唱戏，台上唱戏的人如泣如诉，台下看戏的人如痴如醉。

周志胜也许就是从那个时候起开始热爱越剧的。他常常会被越剧的腔调带走，不仅仅是在村庄的盛大而隆重的演出中，那毕竟在一年之中难得有一次两次；更多的时候，是在日常劳作之余的晨昏。村里有许多人成为越剧的拥趸，他们可能是一字不识的老妇人，甚至听不懂戏台上的人唱的是什么唱词，但他们往往能很好地融入剧情，并恰逢其时地落下泪来。还有很多人平时忙于生计，甚至常常是满脸愁容，但是当他们来到戏台前的时候都会高高兴兴地坐下来，过一会儿，又在戏曲的腔调里掬起一把同情或感动的热泪。

在箬溪村，越剧的爱好者从来不缺，几乎从晚清以来，一直有人喜欢唱戏。村民们都知道，曾家的女人就是一位旦角，很多年里都能正儿八经地上台客串一把演出；远的不说，周志胜的舅舅就是资深戏迷，他同样是一字不识，但他却能大段大段地唱戏。只要听说哪里有戏班的演出，再远他都会赶去。有时候，十几里路甚至几十里路，他迈开双腿就去了，归来的时候已经是后半夜，月沉星落，天色将明，哪怕一早还有很多的农活等着他去做，他也依旧不管不顾地在一个个夜晚去听戏看戏。戏台上的旧事缤纷，去时一路上的兴奋喧闹，看戏时台边的炒瓜子与烤玉米，归时一路的宁静与隐隐的情绪低落，几乎构成了每一次看戏的完整过程。在乡村，这样的精神生活太少了，几乎每一次这样的体验都成为照亮内心的火把，持续燃烧，提供能量，丰富着贫乏而枯燥的人生。

许多年后，周志胜告诉我，乡村的人看戏听戏，哪里只是看戏听戏——他们是在缅怀自己逝去的一生啊。这句话充分说明了现在的戏迷观众普遍呈现老龄化的真正原因——年轻人没有时间也缺乏耐心，他们还没有建立戏曲跟他们生命连结的秘密通道。只有那些年纪大的人，他们灰暗青春里的亮色几乎都是由戏曲或有戏曲的节日提供的。只要戏班子的锣鼓、胡琴声音一响起来，他们的魂儿立刻就被牵走了，他们的记忆也被调回到过去的时间——

唱戏的人，唱的是自己一生的故事；听戏的人，听的是自己一生的回忆。

越剧，多少年流淌在江南人共同的记忆和乡愁里。

我许多次在西北的边陲小镇吃过"杭州小笼包"，也在北京吃过"杭州小笼包"，无一例外，都是浙江嵊州人开的店。这一支庞大的小笼包大军，散落在祖国的大地上。店老板一张嘴，便是江南口音，唱戏一样的腔调。

嵊州人讲话，发音在口腔靠前处，生于舌尖，一个字一个字，脆生生地蹦出。它跟西北，跟华北，跟东北，跟西南、华南、闽南——跟那些地方人讲话口音都不一样。那些地方的人，说话腔调重、闷、沉、稳、磁、大、硬、正，嵊州人的话呢，轻、软、脆、巧、灵、生、柔、小。

说不清了。反正,好听。

所以,嵊州的第二样特产,是唱戏。唱的是越剧。嵊州是越剧的故乡。我曾突发奇想,如果遍布全国的每一个小笼包店,都在店中播放婉转的越剧选段,一定有意思。那些小笼包子铺的老板,打烊之后,夜深人静,恍恍惚惚,摇摇曳曳,甩一甩抹布,抖一抖水袖,就会唱起戏来。

他们唱的是——满园春色不胜收。良辰美景艳阳天。我本是清白人家出身好。行过三里桃花渡,走过六里杏花村,天上掉下个林妹妹,手心手背都是肉。

是的,许多人没有去过嵊州,但其实,他们已经在越剧的腔调里去过无数次嵊州了。这就是越剧的腔调。这也是江南的腔调。这腔调,流传在广阔的江南大地。

是的,嵊州是越剧的故乡,女子越剧的诞生地。一百多年前,一个叫王金水的村民,卖掉了祖上留下来的十亩良田,拉起了越剧史上的第一个女子小歌班。

施银花、屠杏花、赵瑞花。那些名字里带"花"的妇女,歇下手中的锄头和脚盆,站在台上转个身,唱着做着,成了才子佳人,唱着做着,成了一代伶人。

走下台来，依旧是艰辛的日脚，依旧是柴米和油盐，是啼哭的娃娃和需要侍奉的公婆与夫君。

村庄外面，剡溪上竹筏往来。这唯一的运输工具，运送上下游村庄赖以生活的木材、嫁妆、柴火、油盐、衣麻，也运送一个一个唱戏的女子。

一百多年前，有人见得她们在炊烟里出走，从码头乘上竹筏离开施家岙，抵达一个一个陌生的地方或墟市。她们登上简易的台子，在幕布前做戏。做戏的时候，她们提一提心口，凝神静气，一开嗓，往往让自己泪流满面。

一百多年后，没有人会想到，从施家岙小村坐着竹筏走出去的那些唱戏的女子，她们简陋至极赖以谋生的几出小戏，能发展成中国影响最大的地方戏之一——越剧。

人们也不会想到，在遥远的钱塘江上游，浙江西部常山县某个距离江边不远的小村庄里，也有一群村民，沉浸在这些幽婉缠绵的唱腔里，如痴如醉。

接下来我们要说到箬溪的胡柚了。

跟常山的许多村庄一样，从上世纪八十年代起，胡柚成为乡下人活钱的主要来源。现在的箬溪自然村，属于招贤镇高埂村，位于怀玉山脉尾端，也是常山、柯城、江山三县区交界处，小村四面环山，坐落于大山的怀抱之中。村民房前屋后，山坡溪岸，都种满一棵棵胡柚树。

村民们说，箬溪村向来崇文尚学，自恢复高考以来，这个只有一千余人的小村，先后有近百人考上大学。以前一家子里有一两个读书郎，对于农家来说都是很大的经济负担。妇人上山采猪草，一年到头养猪，到了年底把猪卖了，能换一点活钱；此外，最主要的收入，就是这漫山遍野的胡柚树。深秋时节，浓绿的山野之间，柚林里挂满一颗颗金黄的果实。全村人出动，投入采摘胡柚的劳动中。他们几乎要在林间忙碌十天半个月。

这金色的果实，是一家人的希望。

胡柚是时间的果实。在十一月上旬，立冬前后，果实刚采摘下树时，并没有到达最佳食用期。此时如果剥开胡柚来吃，果实的酸味和苦味都较为强烈。只有将果实搁置两三个月，静静等待果实内部的成分转化为糖分，胡柚的食用口感和风味才能到达一个最佳值。

从田间地头采摘果实后，农民们将一担担胡柚挑回家。箬溪人家中，满堂满屋都堆起胡柚的小山，这金灿灿的颜色将一屋子的人脸映照得明亮。

那些收购胡柚的商人，将在春节临近的时候集中来到村庄。他们有时会带来好消息，也许是今年的胡柚售价高出往年五分钱、一角钱，在另一些年份，他们则可能带来令人懊恼的消息，说是今年外头行情不好，胡柚价格比去年跌去三分之一。

胡柚的收购价格，关系到每一户人家的生计。一家人的吃穿用度，田里地里的化肥农药，孩子上学的学费，丈夫喝酒的酒钱，上了年纪的父母或祖父母看个感冒、打瓶盐水、住一回院，全都指望着这些金果子。如果价格跌去五分一角，几万斤胡柚算下来，一家人过年的新衣服可能就没有了。如果价格比往年高那么一角五分，妇人脸上的笑容也会多一些，她在灶间做饭时下油的手也能松动一些，菜里的油花也由是更多一些。

从胡柚采摘下树开始，村民们并没有太多的闲时。秋天本来就是一个忙碌的季节，山上的油茶要捡，田间的谷子要收。一个个夜晚，人们就在昏黄的灯下包胡柚。用塑料薄膜包起来的胡柚耐贮存。老人家和小孩子都能做这件事——大家坐在小竹椅和小方凳上，围着小山一样的胡柚开始忙碌。薄膜袋子用手捻开，吹一口气，放进一个胡柚果顺手一转，袋口拧成了一条绳。包胡柚是个简单活计，却磨人，这满屋满堂的胡柚几万斤，没有半个月一个月哪里包得完。村庄里的孩子也懂事，他们白天做完了作业，夜里都会帮着大人干点活。夜已深了，坐在小方凳上的孩子眼睛都快眯成一条线了，手上还在机械地干活，胡柚装进了薄膜袋子，本来要顺手一转，然而这时胡柚和袋子却一起落地。他就要睡着了。女人于是赶紧拍拍孩子的脸，叫他去上床睡觉。

一屋子的胡柚啊，也是读书人的底气。

现在的箬溪自然村，村中还有一座乡贤出资整修的"箬溪书院"，古色古香的样子，暑假里向孩子们开放。这座书院占地两百多平方米，原先是清末建筑，现在重新开放后，经常传出孩子们的琅琅书声。由此可以看出，这个小村的文风是如此深厚。村子出了许多大学生、研究生、博士生,他们的求学之路,都跟这房前屋后、漫山遍野的胡柚息息相关。有时人们开玩笑,会说:"你是胡柚供出的博士。"

周志胜的老家,就是在这样的一座村庄里。在九岁之前,他经常听到村里的戏声。即便是一个个包胡柚的夜晚,也有一些熟悉的曲腔会在村庄里飘荡开来——

　　心肝肉啊呀,宝贝肉,
　　阿林是我的手心肉,
　　媳妇大娘,你是我的手背肉,
　　手心手背,都是肉……

这是越剧《碧玉簪》里的唱段。但那个时候,周志胜根本不知道什么《碧玉簪》。他只是记住了这样的唱腔,记住了在傍晚时候夜色渐渐浓重起来的小山村里,这样的戏词唱腔飘荡起来,这一种强烈的印象就留在了心里。

这一种强烈的印象,要在几十年后,在他的生命里发生着决定性的作用。

在箬溪这样的村庄，越剧的唱腔在一些夜色里飘荡起来几乎是日常生活的一部分。另一个村庄里走出去的孩子朱灵，在许多年后回到村庄，他也告诉我，胡柚和越剧几乎是相伴着每一个村庄孩子的成长的。

这个村庄还出过很多老兵。朱灵说的，在他小时候，村中有一位老头，年纪很大，离群索居，面相凶郁，不苟言笑，村民都敬而远之。但他扎得一手好风筝。这个村庄历史上从来没有人会扎风筝，就他扎得好，不知道哪里学来的本事。就凭这一点，孩子们喜欢跑到他家去，让他教扎风筝。

对于孩子们，他倒不凶，耐心教大家。后来有三四个孩子，学会了扎风筝，他们长大了，又传给了村庄里别的孩子。

这个老头家里穷得很，没有什么吃的。到了饭点，他就去墙壁解一个粽子，就着凉水一口口啃。孩子们也惊奇，这不用烧火起灶做饭炒菜，一天三顿，吃三个粽子，倒也是省事。但老头子好喝酒。经常是一瓶酒放在脚边，一口一口喝着，喝得烂醉，歪倒在地就睡了。有时喝得多，秽物挂于嘴边，也酣睡如泥。

后来才知道，这老头子不简单。年轻时候，有一身力气，上山砍柴，能挑两百斤在山路上如履平地，在家里与老母亲相依为命。有一天砍了一担柴下来，到家坐在门口石墩上歇息喝水，家门口来了一小队背枪的兵，二话不说，拉他去当壮丁。母亲生气，说这还没吃饭呢，吃了饭再走。他就坐在门前石墩上，把母亲递来的一个粽子吃完。士兵们让他快走。母亲又递来一个粽子，让他带上，路上饿的时候可以填肚子。

他把粽子揣在怀里，就跟着那队兵下山去了。

这一路，他不知道打了多少仗，从多少颗子弹里穿过，从多少死人堆里爬过。那个粽子一直没舍得吃。那个粽子变硬了，硬得像块石头疙瘩，还是没舍得吃。包粽子的箬叶都磨破了，他弄了一块布头，缠起来，依旧揣在怀里。

后来兵败，去了台湾。

又过不久，被蒋军派到某个东海海岛驻守。

大陆都解放了，那个岛一直没解放。有一次战斗，解放军攻上岛，他被俘虏了，又回到大陆。上面问他，两条路，你自己选。一条路，编进解放军队伍，不打仗了，在部队好好干。另一条路，给你两箩米，自己回老家去。

他说，我太想家了，我要回去。

于是他带着两箩米回了家乡，见到了老母亲。此后他再也没有出去过。

村民都不知道这么一个人原来打过仗。后来是一个跟着老头扎风筝的孩子说的，现在是县里一个部门的领导，他说小时候老头子喝醉之后说过一回，以前打过仗，是从死人堆里爬出来的。他为什么会扎风筝呢，因为有一个山东的战友会扎风筝，在打仗休息的时候教会了他。那个战友，在一次阵地战中被一发炮弹轰掉了双手和脑袋。

老头子一直活到九十多，一直在村庄里。母亲老早去世了，他一个人过得更加自在。他家天井边的板壁上，老是挂着十几串粽子。这让扎风筝的孩子们印象深刻。后来老头死的时候，还没吃完的几串粽子也带进棺材里了。

那个上过战场，石头一样硬的粽子，也不知道到哪里去了。扎风筝的技艺从此在村庄流传。

这个村庄就深深地留在了周志胜、朱灵这些离开了村庄的孩子们的记忆里。这样的一个村庄，对于他们的人生来说是无比重要且不可抹除的一部分。这样的记忆也构成了他们人生的底色。

这就是这个村庄的故事——一个长满胡柚的村庄，一个出了许多读书人的村庄，一个有许多老兵故事的村庄，一个飘荡着戏腔的村庄。

当周志胜听到"演戏"这件事时，他眼睛都亮了，内心里的某些东西一下子被唤醒。也许是童年村庄里村人唱戏的戏腔重新飘荡起来，也许是夏夜深山通明的灯火和热闹的戏台重新在脑海复活，他坐不住了。

这位如今的企业家，其实内心深处还有着不为人知的一面——他曾是个文艺青年。一九八七年，周志胜从常山县职业技术学校毕业后，被分配到国营常山县水泥厂工作。在计划经济向市场经济转轨的大潮中，聪明能干的他，逐渐成为一位成功的企业家。工作经商之余，周志胜喜欢音乐，尤其对西洋打击乐器、音响技术情有独钟。除了喜欢亲自上阵演奏抒怀外,还会调音等幕后技术。痴迷摇滚的周志胜,也组建过自己的乐队,但是小地方的小乐队,只限于自娱自乐。

就在这个时候,越剧向他抛出了橄榄枝。

没有人知道周志胜真正心中一动的时刻发生在什么时候。有可能是原常山县越剧团团长陈荣山无意间的一句话点燃了他,也有可能是一起玩乐队的兄弟给了他一丝火花,更有可能是明代常山人樊莹给了他一个向先贤致敬的机会,总之,一切都那么巧。

性情爽朗的周志胜,这天召集了陈荣山、叶朝晖他们坐下来闲聊。

"要不然,我们把这个戏搞起来?"

听周志胜这么说,叶朝晖的眼睛瞪大了,陈荣山兴奋得摩拳擦掌。

"怎么搞?"

周志胜说,我们把乐队的事情搁一搁,先把樊莹的戏排出来如何?

大家心里觉得这个主意好。

但叶朝晖嘴唇动了动,还是没说出口。"弄个戏班子排戏，不是一般人能干的。这是烧钱的活。"

过了两天，他们俩在一起吃饭。

这回叶朝晖终于忍不住了，问他："你知道排这个戏要花多少钱吗？"

周志胜说，不知道。

叶朝晖说："不知道你乱答应啥，老爷子现在寄予厚望，一辈子最想做的事情，就是把樊莹这个戏搬上舞台。"

周志胜说："你说说看吧，弄这个戏，要多少钱？"

叶朝晖说："最少五万。"

的确不是小数字。谁的钱都不是天上掉下来的。周志胜在县城办厂，经营着一个公司，是个董事长，但是谁挣钱容易呢？

周志胜说："五万块……行，这个钱我个人来出吧。"

他沉吟一会儿，又说："我估计，五万可能不够，这样吧，我最多出二十万。朝晖，你回去和老爷子说一声，不用再跑了。我们争取把这个戏好好排出来。"

有时候，人生的重要决定，就是拍脑袋才能做出来。

一旦思前想后，反复斟酌，很多事就做不成了。

常山县越剧团早已解散，叶文华这样的老编剧即使写出了《清官樊莹》的剧本，真要将它搬上舞台，也是难上加难。你找谁演呢？

常山戏曲文化渊源深厚，越剧、婺剧、高腔等多种戏曲艺术，都有较好的历史基础。常山县越剧团始建于一九三五年，是一个老牌剧团。在上世纪六七十年代，这个剧团还真是红火，他们演出的现代越剧享誉全省。

剧团的花旦，实力雄厚，梁燕燕、赵碧云、吕金枝，当年都曾是浙江越剧界的知名演员。剧团先后招收了九批学员，有一百余人。戏团演出的大中型剧目近百个，小戏六十多个，现代戏占三分之一以上。

一九八五年，常山县越剧团在杭州演出七场《吃醋封相》。因为影响力巨大，常山县越剧团在业界被人誉为"浙西小百花"。

然而，时代的大潮最先冲刷到的，就是戏曲这个行当。

到了二十世纪八十年代中后期，随着电视节目、歌舞等文娱形式的盛行，剧团的演出上座率日趋下降，收支也日益失衡。独木难支，剧团的生存都成了问题。

一九八七年，常山县越剧团宣告解散。

昔日的辉煌与荣光，只能存在于记忆之中。且不说那些为这个剧团投入大量精力心血的演员们，即便是小城的许多戏迷朋友，也唏嘘不已。

然而时代大潮如此，一个地方小城的剧团又能如何？

演员们改行的改行，分流的分流。曾经在一个台上唱戏的人，如今也如星子散落天边。

周志胜说"我们把戏排出来"，叶朝晖听来都觉得不太真实。怎么排？到邻县去找一个民营剧团，或者就地找一支草台班子，培训培训，指导指导，把戏排出来？

老叶首先就摇头。

他不是没去找——之前他拿着本子找到两百公里外的一个剧团，人家实力也还行，演员队伍有二三十号人，行头装备也拿得出手，算是草根剧团里数一数二的。结果，这个戏一上手，老叶就泄气了。

《清官樊莹》这么一个戏，不是传统老戏，而是原创剧。原创剧本一句一唱、一招一式，都没有资料可循，没地方可学，需要演员琢磨拿捏，既要唱得出，又要演得好,一般草台班子的演员根本吃不消。

老叶说,只有一个办法。能不能让常山县越剧团的原班底人员,再凑到一起,来演这么一台戏?

这个想法让所有人面面相觑。这是二〇一四年了,从剧团解散到眼下,已经过去二十七年。没人能保证解散二十七年又天各一方的一群人,还能召集得起来。

"越剧团要重聚?"

"开玩笑。"

原常山县越剧团的演职人员,大都满头白发,一个个不是爷爷奶奶就是外公外婆,哪里还能聚起来!

打电话的任务交给了原来的越剧团团长陈荣山。

陈荣山拨通电话,人家第一反应就是"开玩笑"。

不可能的事。

陈荣山说:"世上就没有不可能的事!告诉你,我刚给金锁媛导演打过电话了,金导都答应了!"

金锁媛导演当时已经七十五岁,身体也不好。但是接到电话,她不仅没有拒绝,反而激动得说不出话来,只迭声地说,好事,好事啊!

陈荣山一行人,专程赶到杭州,当面邀请金导重新出山。

他们已经知道金导近几年身体状况不佳,电话里也没有明说,直至上门前也心里没底。结果让他们非常意外,金锁媛老师欣然接受了执导的任务。

这给大家吃了一颗定心丸。

电话打到了姜新花那里。姜新花是原来常山县越剧团的当家小生,如今在另一个县的企业里当会计,还有三年就要退休了。

虽然干的是会计工作,但她内心里仍有一颗唱戏的心。就在几个月前,新花参加了中央电视台戏曲频道"过把瘾"栏目举办的"婺迷争锋"大赛,唱了一个婺剧《白蛇传》的选段《想当年清明节西湖游春》。

"好不闷煞人也——"念白结束时,新花甩出水袖,眼睛凝望远方,用幽婉的调子唱道:"想当年,清明节西湖游春,湖船上遇娘子一见倾心……"顿时引得满堂喝彩。她也由此获得"十大婺星"称号。

这是层层筛选之后的全国性决赛。面对镜头,姜新花作自我介绍时说:"我是原常山越剧团的演员……"

姜新花接到电话时,内心是激动的。她也没想到,二十七年后，常山这一帮越剧团的老师还能找上门。

"他们说，一定要把姜新花找来！"

姜新花还没退休，怎么办呢？

他们也都联系好了。周志胜说，这个事县里也很重视，有什么困难县里会帮助解决，不用担心。

姜新花还有点犹豫。她说，我都四十七了，真要唱一台戏，我可能吃不消。

周志胜说，你放心，你在央视舞台上的唱段我们都听过十几遍了，你的条件合适！你不回来，这台戏可撑不起来。

话都说到这个份上了，姜新花还能拒绝吗？

拒绝不了啊，她心里，何尝不想唱戏！

"陈荣山是剧团解散前的最后一任团长，我是副团长，张品珍也是副团长。"

姜新花心里藏着一个唱戏的梦，像是一朵微弱的火苗，在几十年风雨飘摇中，从来没有熄灭过。现在，姜新花答应回来了，那周志胜他们心里有底，主演非她莫属。

姜新花唱戏，从十六岁就开始了。

她是农村人，老家在江山贺村，当时镇上就有一个越剧团。说出来你可能不信，曾经有一段戏曲兴盛的时期，不仅每个县市有剧团，有的大镇都有自己的剧团。姜新花初中刚毕业，听说镇里剧团要招人，她就去应考。

应考的人络绎不绝。面对文化馆的专业老师，姜新花一点也不怯场。她从小喜欢唱歌，胆子又大，人长得也好看，往招考老师面前一站，也不知道要考什么。

老师问，你会啥呀。

姜新花说，会唱歌。

老师说，那行，唱一段吧。

于是姜新花张口就唱："妹妹找哥泪花流，不见哥哥心忧愁，心忧愁，望穿双眼盼亲人，花开花落几春秋……"年纪大的人知道，这是电影《小花》的插曲。

老师一听，哟，这个女孩子的声音，好听！

等到姜新花一曲唱完，老师说，不错啊，留下吧。

进了镇越剧团，也是文化馆的专业老师下来教唱戏，老师唱一句，大家跟一句。很快，姜新花脱颖而出。她记性好，模仿能力强。镇里演戏的时候，他们新演员就顶上了。镇里剧团演戏，大家也都买票来看，一毛钱两毛钱一张票，常常是座无虚席。

镇里剧团后来不办了，姜新花听说常山县越剧团要招演员，她就过来考。当时，省里要招越剧训练班，姜新花赶来的时候，人都招好了。不过，团里说，要有好的人才还是要的。试试呗。试试就试试。胡琴一拉，姜新花开口就唱。老师说："哎哟，这个小生不错啊！正好剧团演出缺人，你就别去训练班了，直接留在团里吧。"

姜新花二十二岁进的常山越剧团，那是一九八四年。

金锁媛、陈荣山、张品珍，当时他们既是老师，也是演员，姜新花就跟着他们学。当时常山越剧团排了一部原创剧《吃醋封相》，请的是上海越剧院的老师来指导，舞台也是上海老师。

这部戏一上演，拿了许多奖，不仅在衢州拿了会演一等奖，到省里也获了奖。最后，在杭州的胜利剧团连演七场，浙江电视台专门做了直播。

新花尽管才进团不久，却很快成了台柱子。为了培养她，领导让她当副团长。姜新花，就是一颗冉冉升起的戏曲新星。

没想到，只过了三年，上头突然说，剧团要解散。

一个好好的国家的剧团，怎么说散就散了呢。姜新花不明白，团里别的老演员也都不明白。五六十个人的团队，怎么办，只好各奔东西。

其实，也就是各谋出路。

新花一下子也空落落的，人生失去了方向。

先是安排在军人接待站工作，过了几年，江山婺剧团把她叫了回去，在江山唱了几年婺剧。新花说，内心还是喜欢唱戏呀。年纪轻，嗓子好，在舞台上一站，那就容光焕发啊。演员就是这样的，舞台就是生命。她一到江山婺剧团，团里就把主角排给她了。

在江山婺剧团，也有编制，不久，她就谈了恋爱。

对象是龙游人，原先也是剧团里的，后来被调去了龙游县公安局。

又唱了几年戏，毕竟两地分居，不太方便，新花也被调去了龙游，就此脱离了唱戏。

世上的事情就是这样，简直跟戏里唱的一样，阴差阳错，三十年河东三十年河西，哪知道有一天，新花就下岗了。

　　现在，我们坐在泓影剧团的排练厅里，跟姜新花聊这段故事。拉拉杂杂，说来话长，然而说来说去，却都是演戏唱戏的事。谁能想到，人生绕了一个大圈子，最后又回到舞台上唱戏呢？

　　这就是人生的奇妙之处。

　　当年一起进入越剧团学戏唱戏的姐妹，如今都到了退休的年纪。时光过得真快！有的在医院里工作，有的在企业上班，有的在杭州，有的在广州，也有在嵊州和诸暨——总之，各有各的人生了。谁能想到，还有一天可以重新交集。

　　是啊，人生这件事，经不起细想。

　　一细想，就只能说是奇妙。

　　"我能回来唱戏，那真是被周总感动了。"

　　她说，她愿意为了这出戏，辞掉干了十五年的会计工作。因为周总说，人这一辈子，过得太快，不就是为了一点内心的理想嘛。

　　姜新花想想，还真是这么一个事。

老伙伴们要重聚的消息，像是长了翅膀。仅仅两天时间，几乎所有人都接收到了信息。让周志胜没有想到的是，这些失散已久的老伙伴们，居然纷纷响应，大家放下手中的事情，从全国各地汇聚而来。

他们见了周志胜，第一句话说："周总啊，谢谢你！"

这句话里，的确有感谢的成分。这些老伙伴们分道扬镳时日已久，平时也少有联络，没想到如今却有这么一个机缘，让大家重聚。

他们的第二句话是，"我们这次来演戏，不要任何报酬，不给你增加负担！"

这句话又结结实实地把周志胜感动了。他办了一个企业，那么些年，还是顺风顺水地挣了些钱。在商言商，平时人家叫他周总，听起来只觉得是个生意人。现在呢，老演员们聚在一起，人家一口一个"周总"地叫他，称呼里满是敬意，他听了反而觉得惭愧。他呢，心里有着一个戏剧瘾头，现在能有机会去尝试一下，是好事，既回报社会，也是企业的责任。至于别的什么，他没有想那么多。

不过，《清官樊莹》这部戏，大伙儿算是热热闹闹、认认真真地排起来。经过短短二十天时间的排练，《清官樊莹》在青少年活动中心首次演出。

演员们陆陆续续，粉墨登场。

周志胜隐身在观众席中，他看得真切。台上的这些演员们，虽然青春不再，扮相也不再靓丽，身段也无法轻盈，但是一招一式之间都用尽全力。锣鼓一响，演员们就把自己的全部灵魂都投入角色之中了。浓重的戏妆下，她们仿佛借角色重新回到了青春岁月里，重新光芒四射地活了一回。

周志胜相当感慨——这么一台由民间力量自发"拼装"出来的戏，他没想到，居然吸引来了县里的"四套班子"领导观看；他也没想到，六百九十多个座位，无一虚席；他更没想到，舞台上，演员们唱念做打一丝不苟，舞台下，老观众看得如痴如醉，感慨万千！

雷动的掌声里，演员们集体谢幕时热泪盈眶，向台下久久鞠躬。

周志胜也被这气氛感染，不知不觉湿了眼眶。

演出结束，演员们汇聚到酒店举行庆功宴。大家都很激动，相互拥抱，再一次热泪盈眶。真是值得庆贺啊，还有什么比分开二十七年的伙伴们重新聚首同台演出一部戏更令人激动的呢。都说人生如戏，这样的情景，真比戏台上的故事更加动人！

然而，这高兴的背后，大伙儿的心里却又藏着一丝伤心。只是，谁都没有说出来。曲终人散，再好的戏，也有散场的时候。这一台《清官樊莹》能排演成功，本身已是非同一般的事，几乎是奇迹。现在演出结束了，大伙儿也要散去了。

花谢花开，云聚云散，本是人间常事。

演员端起酒杯，向周总表示感谢。周志胜显然也动情了，加上已经多喝了几杯酒，情绪更加掩藏不住。他端着酒杯，讲到了自己跟越剧之间的情意，也许也讲到了在小山村看戏的夜晚，说不定也讲到了看戏归来时，摇曳火把照耀下的山路与天空的月色。讲到这些时，他眼睛里闪烁着光。总之，越剧的情意，已经深深地流淌在他的血液之中了。此时此刻，他说，自己反而要感谢各位老师，感谢大伙儿。那么多的越剧老师，虽然大家有的早已离开舞台，不再唱戏了，有的年事已高，疾病缠身，有的远居他乡，而居然能够回来，凑在一起，在共同努力下，奉献这样一台精彩的演出，实在是他这辈子的荣幸。

周志胜说，"从今天的演出可以看出，咱们虽然是个临时的戏班，但绝不是草台班子"。

他说："我一直在思考，到底越剧里面藏着什么力量，可以把大家召唤回来。今天看了演出，想明白了，召唤大家回来的，不是别的，而是越剧里的青春。"

姜新花也端起了酒杯，她对周志胜说："周总，今天，我也要敬你一杯。"

"今天说什么也要敬你。你让我圆了一个梦。今天站在台上，我感觉自己又年轻了一回！"

说完，她把一杯酒干了，其他演员们紧接着也干了。散了吧。虽然要散了，但是说好了，今后还要常聚。

周志胜本来就是感性的人，这一下，眼泪就掉下来了。

周志胜说："各位老师，各位兄弟姐妹，且容我再说一句话。我前两天，晚上睡觉做了一个梦，我都梦到樊莹了。樊莹说，你们这个戏啊，演得好，以后还可以去杭州演，去上海演啊。"

周志胜喝了一杯酒，继续说："这个梦，到底是什么意思呢，我也没有想明白。如果大伙儿愿意留下来继续演戏的话，我们重新办个剧团，如何？如果这样，大家就不用分开了！"

过完年，常山泓影越剧团就正式成立了。

周总把自己原先的生意抛下，把大部分精力都放到了剧团上。演员们没有固定的地方排练、居住，他就动了心思，花两百万元买下一个山庄的经营权，演员的食宿、排练场地，都解决了。一个剧团成立起来，戏服、道具、音响、乐器不都得配齐吗？于是又花了七十多万元，把种种行头给配齐整了。演员们这么一帮人，到哪里演出都需要用车，于是还添置了一辆商务车，方便接送大家。

另一头，演员们也是精益求精。先说创作剧本的叶文华老先生，虽年近九旬，樊莹这个剧本的公演对他来说是个莫大鼓舞，而剧团又借此东风重新成立，可谓本地戏曲的又一个春天来临。春风拂荡，叶老先生信心倍增,召唤儿子叶朝晖一起再接再厉,继续修订剧本、台词。为此,父子俩又一起翻遍了樊莹的家谱,走遍了樊莹生活过的地方,充实了不少戏曲的真实背景,对剧本一而再、再而三地琢磨推敲,先后修订二十余次。

剧团之成立,最感开心的自然还是演员们。怎么说呢,就好像是曾经不得已失去的东西,现在重新攥回在手里的感觉。尤其是,这么一帮年过半百的人,谁还没有经历过一点生活的风风雨雨,谁还掂量不出这剧团背后的情义,于是一个个的,都知道今天有个剧团不容易,得好好珍惜啊。

《清官樊莹》一炮打响,得到很多戏迷朋友的称赞。樊莹,那可是明代的常山乡贤,是个清官,第一次被隆重地请上戏台。樊莹作为一个清官,他刚正不阿、不畏权贵、一生廉洁、富有智慧的形象,在戏台上被演活了。观众的掌声里,既有对樊莹这个人物的激赏,也有对演员精彩表演的鼓励。一方小小的戏台,真可谓是:不大地方,可家可国可天下;寻常人物,能文能武能神仙。

这一部戏,也得到了纪委等几个机关、部门的关心支持。对结构、故事、台词的一次次修改，对演员一招一式、举手投足的一次次推敲，只为了这部戏更加趋近完美。此后，《清官樊莹》还开启了全市巡演之路，场场爆满。

演员们越演越来劲儿，周志胜的心里也觉得欣慰。这么一部原创剧，等于是撑起了一个民营剧团。

此后，许多媒体都来采访泓影剧团，周志胜也在各大媒体上频频露脸。"泓影"的故事，其实正因其带有某种启示性而受到各界关注——为什么在一个偏僻小县城，解散二十多年的专业越剧团能够起死回生？越剧再次唱响舞台，背后民营资本的支撑能够维持多久？民营剧团如何走出更宽广的道路？地方戏在民营资本的支撑下，能否迎来又一个春天……

无数的问题，其实没有人能给出答案。在浙江的民营剧团里，"泓影"就像一面旗帜。然而接下来的每一步，都需要他们继续探索。

(二) 归舟：一条难走的道路

> 世上的路，
> 本没有好走不好走。
> 道阻且长，行则将至。

在山明水秀的樊家村，至今保留着一座古老的牌坊。

这是一座朴素的木质牌坊，人称"尚书牌坊"。明嘉靖二十五年（1546）建立，所纪念者，是明代弘治末年南京刑部尚书樊莹。历几百年的风雨侵蚀，这座牌坊虽有些斑驳，但依然挺拔，仿佛在默默守护着这个村庄。

二〇二四年八月某日，我来到樊家村，与尚书牌坊相对。牌坊为四柱三间五楼结构，牌坊上的字迹已有些模糊，但依然清晰可辨："天顺甲申进士樊溢清简，大明嘉靖丙午重整","景泰丙子科浙江第十名樊莹,乾隆十六年重整"。这些字迹,记录了樊莹的生平功绩。

当我在牌坊前驻足之时,有村民荷锄经过牌坊,他也不自觉地放慢脚步,抬头看看牌坊,仿佛是对那位遥远乡邻的敬仰。

村民说,春秋季节的晨昏,村里的老人们常会在牌坊附近聚集,三三两两,或站或坐,聊聊家常。偶尔有路过的年轻人,对此牌坊的历史知之甚少,但老人们却津津乐道,时常讲起樊莹的故事。或许,对村民来说,樊莹这位充满传奇与荣耀的乡邻,是村里的骄傲。作为在同一个村庄居住,也同饮一江水的邻居,彼此的人生选择、价值观,相互之间会产生深远的影响。哪怕时间相隔很久,后人依然能感受到来自遥远时空里的力量。

牌坊不仅仅是历史的见证,它更是村民日常生活的一部分。在牌坊的庇护下,樊家村似乎有了一种独特的文化气质,那是一种沉静、内敛,又不乏自豪和进取的气质。尚书牌坊,不仅仅是一座木质的建筑,它承载了一个村庄的历史与荣耀,也默默地注视着这座村庄发生的所有变迁。

在我的想象中，樊莹是乘坐一艘小船，沿着常山江溯流而上回到故乡的。

他已经离开很久了，归来时已然满头白发。常山江水缓缓流淌，夕阳的余晖映照在波光粼粼的水面上，船头坐着一位老人，他正是曾任南京刑部尚书的樊莹。

樊莹（1434—1508），字廷璧，号澄江，常山绣溪（今何家乡）人。明正德元年（1506），樊莹告老还乡，年已七十三。几经风霜，官至高位，然而，他的心中始终惦记着这一片养育他的土地。叶落归根，告老还乡，他终于还是回到了这片梦魂萦绕的地方。此时的樊莹，心境已如那晚秋的绣溪之水，沉静而深远。

他在绣溪弃舟登岸。家仆陪同，一路搀扶着他。绣溪两岸，此时橙黄橘绿，胡柚已然挂满枝头。微风轻拂，枝叶摇曳，柚香飘荡至鼻尖。丛林深处，有乡人采摘胡柚。樊莹问及农事，乡人不识眼前的宾客，只是把刚摘的柚子塞满老人的怀中。

当他行至樊家村，有村民得知樊大人归乡的消息，纷纷聚集在村口等候。见到这位为官清廉、为民请命的老人,乡亲们一片欢腾,纷纷上前问候。他们的脸上洋溢着纯朴的笑容,眼中满是感激与敬仰。樊莹一一拱手回礼,乡音无改,笑声依旧浑厚有力。

"樊大人,您总算回来了。"一位白发苍苍的老人走上前,握住樊莹的手。

樊莹点头微笑:"是啊,回来了。"

回到家中,樊莹换上一件旧袍,虽然布料粗陋,穿在身上却颇感舒适。他在家中,读书、写字,也常常走进菜园,挥起锄头,松土除草。虽然年事已高,但每一锄都很有力。他对身边照顾的家仆说:"这才是吾所愿的生活,简单,自足。"

叶朝晖跟随父亲叶文华,在创作和修改《清官樊莹》的剧本时,也一次次来到樊家村,也一样想象过樊莹退休后的生活。

一个官至高位的老人,重新回到生他养他的土地,内心的心境如何?叶朝晖也一次次去找村民聊天,希望能听到他们代代相传的樊莹故事,为创作增添素材。

当我在樊家村的田野上行走之时,也想象着樊大人的形象。他曾写过诗句,描述自己的心境。他在《云间有感》中写道:"日日奔波日日忧,镜中华发忽盈头。青山有梦不归去,绿水无情强自留。公馆时尝粗粝饭,行囊依旧木棉裘。也知富贵非吾分,只为君恩未少酬。"诗中流露的,是他对家国的忧思,对故土的眷恋。

史书还记载,樊莹归乡后,仍时时以身作则,经常荷锄下田,过着勤劳俭朴的晚年生活,并教育儿孙戒奢节欲,善待乡亲。

乡人们早已听说樊莹的故事,知道他是一名清官。

明弘治十六年(1503),景东卫(今云南)发生瘟疫,云雾遮日,连续七天分辨不清白天黑夜;龙山雪片大如手掌,庄稼禾苗尽毁;宜良地震;曲靖发生火灾,烧毁房屋不知其数。一时间,百姓饥寒交迫,流离失所,人心惶惶。孝宗认为这些天灾人祸,都是因为官吏失职,强取豪夺,不得人心,于是命樊莹以都察院左金都御史巡按云贵。樊莹到云南后,经常巡行各地监察吏治,查办弊案,严明纲纪,罢免不称职的文武官员一千七百余人,还查清指挥吴勇侵吞府库钱财、图谋逃脱罪责而虚夸的"景东之变"一案,因而威名大震。

据《云南通志》记载,樊莹巡按云南、贵州时,年已七十，还经常跋涉于悬岩绝险、瘴疠毒侵之地体察民情，所到之处，老百姓感动至极，流出眼泪，都说："此官为我等保障，恩主父母也。"

还有一些故事，也说明了樊莹的威信与亲民。樊莹巡按云贵时，有一土族首领强夺平民之牛，平民听说樊莹来到，就向樊莹告状。樊莹安慰他，并说："你回去，你家的牛今天一定还给你。"平民回家后，土族首领果然将牛牵来，返还平民，并到樊莹面前谢罪。

一日，又有土族首领聚兵攻城，土司不能制止，向樊莹求救，樊莹说："这些人怎能如此猖狂？不要直接派兵攻打他，去直捣他的巢穴。"土族首领闻讯，当即畏服退兵。

樊莹在家乡，更为人们所熟知的，还有他惩罚顽子的故事。樊莹老来得子，因长期为官在外，家属不能相随，其子樊垔在家深受慈母徐氏宠爱，养成骄横任性的顽拗性格，徐氏对此实在无可奈何。有一次，樊莹的一位表弟到南京贩卖柑橘，见到樊莹就说："表哥，你那公子在家不听母教，终日游手好闲，挥霍无度，还依仗你的权势作威作福，乡亲们都有怨言，把表嫂的头发都气白了。"

樊莹听后，不禁潸然泪下，恨不得马上回家训子。无奈国事缠身，只得写了封家书交表弟带回去。

樊莹在信中写道，奢侈是万恶之源，奢侈者必多欲。凡奢侈多欲之人，做官则贪污受贿，居家则祸害乡民，"望吾儿戒奢节欲，善待乡亲，莫坏为父一生清名。但愿浪子回头金不换，千万好自为之，切切至嘱"。

可是，樊莹的谆谆告诫，并未起到作用。正德元年（1506），樊莹自感年迈体衰，再三请退，经四次上章奏请，终于获准还乡养老，诰封资政大夫，赐有月廪、舆服享用。

樊莹回家后，并没有安享清福，依然过着勤劳简朴的生活，时常荷锄下田，以身示范。樊莹一方面想以自己的行动感化儿子，一方面又谆谆教诲儿孙们不能因为是官家子弟而傲视乡亲，要平等待人，生活上不能特殊，不能好逸恶劳等。

酷暑农忙季节，他戴着笠帽，坐着竹轿，叫儿孙们抬着他，穿行于田野阡陌之间巡视。人们问他，为何不使唤轿夫来出力，偏要儿孙们去抬轿？

樊莹答:"我并非为了去看庄稼,而是为了要儿孙学习劳动,克服游手好闲的恶习啊!"

正德三年(1508),宦官刘瑾专权骄横。因樊莹在任时曾有言论抨击刘瑾,刘瑾怀恨在心,伺机报复,以隆平侯争袭之事诬陷他。又追责樊莹为纾解民困,擅自减征松江官布一事。因此,樊莹被罚米五百石,追夺诰敕,削籍为民。樊莹素来清贫,从此更加穷困。

樊莹又一次把儿子叫到身边,痛心地说:"为父晚年遭此冤情,我儿若再顽固不化,不思进取,为父定要含冤九泉了。"说罢,悲痛欲绝。儿子樊垔终被感动得流下泪来,从此他的行为开始有所收敛。

樊莹于风烛残年,遭此不白之冤,意气难平,一病不起。于弥留之际,他最后一次把儿子叫到床前,叮嘱道:"我将不久于人世,对我的丧事,切勿铺张,不要请和尚做功德。我就不信做道场能使人在冥间得福。希望你能成全我的志愿,切勿受那些风俗习惯的影响。"

言讫,瞑目而逝。时为正德三年(1508)十一月十八日,终年七十五岁。樊垔悲痛万分,为保全父亲的清名,谨遵父嘱,于翌年将灵柩草葬于本乡华堂里大尖山。

父亲去世后，樊莹一改放荡不羁、骄横懒散的旧习，奋发读书，后来考中了秀才。时隔十一年后，到了正德十四年（1519），樊垔奋笔上疏，为先父申诉冤情，终使樊莹得到昭雪，受赠太子少保，谥"清简"，重行敕葬大礼。

以上故事，不仅在民间流传，也被写入青史。《明史·樊莹传》对此也记述颇详。

事实上，樊莹为官清廉，刚直不阿，多谋善断，办事雷厉风行。他的一生，是光明磊落的一生。而在教育儿子的问题上，也未曾松懈。这种不管大家、小家都要管好的决心，放在今日，亦有相当重大的社会意义。因此，当泓影剧团要重排樊莹题材的历史剧时，一下子得到了很多共鸣与支持。

周志胜说，樊莹一生，清廉自持，忠于职守。他的名字早已载入史册，但他自己却从未在意这些。这位乡贤去世时依然十分清寒，甚至连副像样的棺材都没有。后世，有盗墓贼潜入他的墓穴，企图盗取些许财富，却什么也没有找到。

这可是明代的刑部尚书啊，正二品。这样的高官，

老戏台上演《清简樊莹》

清廉如此，名垂青史是应该的，《明史》说他"身骑猛虎还从容"。而今天的人，更应该为他感到自豪。

周志胜也多次到樊家村，寻访古迹，探寻樊莹的精神世界，每一回都令他感动不已。村庄近些年以樊莹的廉洁故事为依托，加强了尚书牌坊、尚书坟、尚书厅、湖澄祖庙、樊氏宗祠等文物古迹的保护、修缮和管理，充分挖掘廉政底蕴，建设廉政文化教育基地，叫响"廉吏之乡"美称。

樊莹的为官之路，显然是一条难走的路。在那个官场风气浮夸、贪腐盛行的时代，樊莹却以清廉自持、忠于职守著称。他不仅坚守着道德与法律的底线，更以自己的行动树立了为官者的楷模。樊莹的清廉和铁腕，不仅让他在仕途上走得艰难，也让他在官场上孤立无援。然而，他始终坚持自己的信念，不为权势所屈，不为利欲所动。他明白，这是一条少有人走的路，但他选择了坚持，选择了为百姓谋福祉。樊莹用自己的实际行动，诠释了何为为官之道，也为后世留下了一段清正廉洁、坚守初心的佳话。他走了一条孤独而光辉的道路。

而周志胜的兴剧之路，也是一条并不轻松的路。他用自己辛苦挣来的钱，投资民间越剧团，将解散二十多年的越剧团重新带回舞台。他的选择，不仅仅是出于对越剧的热爱，更是出于一种责任感——他希望通过自己的努力，为地方戏曲的传承与发展贡献力量。周志胜的这条路并不平坦，挑战重重，正是这条艰难的道路，赋予了他的选择以更深刻的意义。

为使樊莹这个人物形象塑造得更加生动，艺术表现力更强，剧团还邀请了国家一级创作团队对《清官樊莹》剧本进行重新打造，并使之与越剧发展潮流相吻合。

于此契机，剧本名由《清官樊莹》改成了《清简樊莹》，内容也在原先的基础上做了修改，加入更多常山本地元素与现代舞台舞美手段，呈现出令人身临其境的视觉效果。相较以前，新版在艺术品质、水准、艺术表现上都有了很大提高。

而唯有知情人知道，每一次对剧本的修改、提升，都需要有大量的资金投入才能支撑。

对周志胜来说，这部戏让他"上瘾"了。开弓没有回头箭，他就是一支射出去的箭。

（三）热爱：向着内心的光亮

群众需要这样的作品。
时代更需要这样的作品。

【常山樊莹家门口。徐氏上。】

徐　氏　（唱）　自从老爷致仕回家门，
　　　　　　　　阖家团聚也欢心。
　　　　　　　　谁知宦海起风波，
　　　　　　　　遭诬陷他削籍为民。
　　　　　　　　这犹似晴天响霹雳，
　　　　　　　　击碎了老爷一颗心。
　　　　　　　　他茶饭不思形憔悴，

郁郁寡欢病缠身。

【众乡亲手拿物品陆续上。】

老　汉　樊夫人啊，这是我藏在地窖里的常山胡柚，是樊老爷从小最喜欢吃的。

老婆婆　樊夫人啊，这贡面是我亲手做，给樊老爷补补身子，叫他想开点！

老　妇　樊夫人，我家祖传的木榨山茶油，给樊老爷吃，祝他长命百岁！

众乡亲　还有我们！（大家一一送上各种物品）

徐　氏　每天都有这么多人来问候，我……我代表老爷谢谢大家了！

【内声：常山县令李大人到！】

【李县令偕两衙役上，樊莹从门口出。】

李县令　樊大人！

樊　莹　李大人！我冒犯朝廷，削籍为民，你前来看我，不避嫌吗？

李县令　樊大人，你一生清廉，两袖清风，爱民如子，嫉恶如仇。你是为官者的楷模呀，下官代常山百姓前来问候！

众乡亲　樊老爷！

樊　莹　父老乡亲们哪，我樊莹在外数十年，丝毫未曾对家乡做过贡献，我愧对常山父老呀！

老　汉　不！你数十年为朝廷鞠躬尽瘁，为全国百姓呕心沥血，你是我们常山人的荣耀呀！

众乡亲　对！我们常山人的荣耀哪！

李县令　众乡亲说得对呀，"寒梅苦争春，一任群芳妒，零落成泥碾作尘，唯有香如故"。樊大人铁骨丹心，永鉴后人哪！

新编越剧历史故事剧《清简樊莹》的一幕正在上演。

这一年，已辞官还乡的樊莹遭刘瑾诬陷，被剥夺诰敕，削籍为民。

从年轻的樊莹，到年老的樊莹，姜新花的表演把一个清官的内心世界演活了。她的表演也得到观众的阵阵掌声。

这个戏，也是姜新花自己最喜欢的。她扎扎实实地下了功夫——好好学，好好唱。舞台上的樊莹被人陷害，夫妻俩白发苍苍，此时心境应该是如何的落寞与凄凉。在练功房的镜子面前，姜新花也细细揣摩，想把樊莹最有张力的部分呈现出来。

对于演员来说，能演出一部好戏是最兴奋的事。

曾有记者采访姜新花，刊出的文章里主要说她的扮相好看，与实际的日常职业有着强烈的反差——"着戏装，她是小生名角，丹眼含情，唱腔浑厚，身姿飒爽，风流倜傥；生活中，她是企业会计，一丝不苟，锱铢必较，爱岗敬业，认真负责。"

"一九九二年，姜新花转行到国营企业做会计。二〇一二年，年近五旬的她受新成立的常山越剧团邀请，辞去龙游一家企业主办会计的工作，来到常山，主演《清简樊莹》《沉香扇》《碧玉簪》和《五女拜寿》等原创大型越剧和传统经典名剧，并在全省戏剧节上荣获优秀表演奖。专家评价她，在戏曲作品中的人物形象是丰富的、立体的、细腻的、鲜活的……"

我见到姜新花的时候，还是在泓影剧团的排练厅。即便平时没有演出，演员们也会汇聚在此，练练基本功，琢磨身段眼神等细节。作为泓影剧团的团长，姜新花不仅对自己的要求毫不松懈，对其他年轻演员同样要求十分严格。

现在这个剧团,负责后台、音响、灯光、道具的工作人员,再加上十七八个演员,总共三十多号人马。想十多年前,周总包下一座山庄,吃的喝的供着大家,就是想排出一出好戏来。汇报演出结束,没想到反响那么大。最后吃了一顿饭,大伙说散了吧,越说越感伤。周总大气,当时就拍板,办个剧团吧,大家要是想留下来继续唱戏的,就都留下来。

这就留下来了。

多不容易啊!

姜新花忙前忙后,自己要当演员,也要给其他演员排练。这样一个剧团,想要正经演出一个大戏,没三十人根本下不来。如果是国有剧团,那更加得大张旗鼓,管道具的就管道具,管灯光的只管灯光,舞美就是舞美,电工就是电工,哪怕拿个三角铁钉一下舞台边护栏,那也是一个岗位。可是在泓影,大家都是一专多能,身兼数职。拉二胡的兼着电工,管灯光的也要管道具,外面去演出,所有男演员都一起帮着搭台也一起负责搬行头,周总自己还整天颠来倒去负责开车接送,像个专职司机似的，忙的时候比工人还辛苦。没办法，哪里都要花钱，必须省着来。锣呀鼓呀的器乐伴奏，原来不得三五个人，他们也把乐器改了，一个人就能操作得过来。

另外，除了专职演员，剧团也把一些戏迷给团结起来，一起排练，一起上台演出。有的群众演员，本来也是戏迷，邀请他出个场，演个兵，往台上站一站，一天付一百块钱，他们也高兴啊。演个宫女，也在台上站一站，一天付一百块钱，人家多开心啊。所以，姜新花手机里，也有一个联络表，要有重要演出的时候，就一个个打电话。比方说，有个戏迷叫小莲，在宾馆做前台，她上一天班休息两天。每次有演出要排戏啥的，姜新花就第一个打给她，让她排出休息时间来演戏。

一聊到剧团的事，姜新花心直口快，竹筒倒豆子一般说给我听。这么一个剧团，周总当年去请她出山，她当时想的是，帮个忙嘛，必须帮一把。结果没想到，这一晃就是十几年了。她眼见着周总办这个剧团有多不容易，也眼见着剧团里的一帮人，对越剧这件事有多么热爱。——说真的，要是不热爱，这事绝对办不下来！

谁能撑十年？

办剧团是很难很难的——姜新花说，比办一家大企业更难。第一，找演员难。民营剧团生存本来就不容易，周总这一块，每年上百万元的员工工资和各种成本要支出，周总压力大不大？当然大。全剧团都心疼周总，都知道他不容易。这几年，他也拿了一些政府的项目，惠民演出，这是有政府补贴的，当然也不多。同时，他也带着剧团开拓市场，不仅在常山本地演出，有时也在周边市县参与重要的演出。一般来讲，泓影一年要演出一百场以上。就算这样，剧团也很难维持收支平衡，每年周总要补贴进去近一百万元。

当然，现在地方小剧种、小剧团，都是差不多的命运。年轻人也不怎么愿意学戏。比方说，有两个学戏的小姑娘，家在嵊州，你开什么条件给人家？常山毕竟还是一个小县城，年薪十万元也不错了吧，可是人家做一段时间，还是回去了。现在外面的诱惑很多，人家这样的容貌，这样的身段，要是在大城市酒店里做个领班，收入也比唱戏高多了。这要看每个人不同的选择了。再比如，请个伴奏的鼓板，也是伴奏的指挥，"滴——

答——滴答——"。这样的岗位,年轻人很少,会的人,年纪都很大了。长久下去,怎么办呢?到哪里去找哟!剧团这十多年,进进出出的人不知多少了,他们的演出没有停过一场,该唱的唱,该演的演,戏照样排,大家很辛苦。

第二块,要搞原创戏,难上难。《清官樊莹》一上演,好评不断,领导也要求精益求精,于是他们也一次次改编、提升。其实一次改编,从剧本开始,到最后戏排出来,四五百万元要砸下去。这几年他们排了不少原创戏,改编、移植了三四十部古装历史剧,逐渐形成了内容丰富、艺术严谨、舞台清新、阵容齐整的艺术风格,代表剧目有《清简樊莹》《琼奴与苕郎》《王老虎抢亲》《沉香扇》《珍珠塔》《五女拜寿》《碧玉簪》等,社会各界的好评也不断。

不过,也有人会问周总,说周总啊,你每年贴那么多钱搞剧团,你是怎么想的。周总回答:"有的人当老板,喜欢豪车、豪宅,有的人不学好还去赌博,走歪门邪道,我不买这豪车豪宅,也不去赌博,就砸点钱在文化上,不也过得挺好?"这么想想,周总这个境界,真是不一样。

正说着话呢,有演员来找姜新花,找她去说点什么悄悄话。姜新花和我打了个招呼,就先出去了。过了好久,她回来了。问她有什么事。她说:"剧团里,就是这样,女人堆里事情多,每天都有大大小小的事。平时要好起来,好得不得了,亲亲的小姐妹。要不好起来呢,有个鸡毛蒜皮的小事,争争吵吵也是她们。我有些时候,小事情也懒得管她们,过两天自动就好了。当这个团长,她们都说我吃力。有时候管她们,话说轻了,她们说你没魄力,话说得重了,她们说你'死相'。哈哈哈。"

姜新花笑起来,爽朗的笑声在排练厅里荡漾。

让我们把思绪扯回来——回到《清简樊莹》这部戏上。接下来的一幕场景是——泓影戏班班主周志胜,带着他的戏班,去赶一个大场子。

这个大场子,是在温州的乐清。

乐清,听听这名字,它是一座以音乐命名的城市。乐清的戏曲底蕴很深厚,是"浙江省戏曲之乡"。温州是南戏的发源地,南戏开辟了中国戏曲史的新纪元。戏曲在温州各地久演不衰,众多古戏台散落在城乡各个角落,见证着当地戏曲的繁荣。在乐清民间,也活跃着越剧、莲花(道情)、乐清斗歌等传统戏曲艺术,乐清市越剧团创作排演的原创剧目《洗马桥》《莫问奴归处》《汉武之恋》入选"浙江省经典保留剧目",数量居温州第一。以"柳市八大王"为原型的越剧现代戏《柳市故事》,作为优秀越剧剧目之一亮相第四届中国越剧节。

姜新花到乐清,是来参加中国越剧节的展演活动。参加这样规格的演出活动,标志着诞生于常山的越剧《清简樊莹》这部戏真正走出了衢州,走向了全国。这对于泓影来说,也是一次非常难得的亮相机会,被演员们戏称为"班主"的周志胜,嘴上说着"大家放轻松,正常发挥即可"这种宽慰大家心情的话,可他自己呢,心里是七上八下,真是比谁都紧张。

就是那么不巧——怕什么偏偏来什么——演出的头一天,姜新花生病了!

这场戏,排了一年多,又经历了好几轮修改。最后一版的修改,专门请了国家一级导演陈伟龙老师来编剧、导演,剧本也重新修改,在剧情、唱腔上,都有一些新的要求。有限的时间,反复修改,反复排练,对演员提出了非常高的要求。

对于主角姜新花来说,她要演年轻的樊莹,也要演年老的樊莹。难度最大的倒不在于此。姜新花惯常演小生,而老生的一举一动,在于沉稳干练,要镇得住台,这种分寸的把握和拿捏,最让她花心思琢磨。再加上临时的多次反复修改剧本,她真怕自己到时连唱词都唱错。屋漏偏逢连夜雨,就在这样的仓促紧张里,姜新花偏偏还生病了。

感冒,发烧。演员最担心的就是这些,嗓子一发毛,唱什么都有问题。

怎么办——周志胜全程陪同,让姜新花上医院看,就担心第二天演出出个什么岔子。

他也算是真正体会到了作为戏班班主的难处了。

演出的这一天,姜新花在台上的表现,真是谢天谢地,一切都正常。周志胜在剧场里面根本都待不住,他真怕哪个演员忽然忘词,或是哪里出错,坐了一会儿,索性一个人到场外抽烟去了。

后来他听说一切顺利的时候,才长长舒了一口气。演员们发现他脚边地上,全是烟头。他有点自嘲地告诉大家,"我心脏病都快吓出来了"。

在乐清剧院的这一场演出,足以镌刻在众人的记忆中。

樊　莹　(唱)　一石激起千层浪,
　　　　　　　　心惊肉跳须臾间。
　　　　　　　　抽丝剥茧层层查,
　　　　　　　　谁料又连司礼监。
　　　　　　　　吴勇大案若惩治,
　　　　　　　　触怒刘瑾定难免。
　　　　　　　　他一手遮天权倾国,
　　　　　　　　谁敢弹劾这巨奸?
　　　　　　　　我官鄙职小称巡按,
　　　　　　　　蚍蜉撼树,虎口拔牙——
　　　　　　　　犹如自跳油锅煎。
　　　　　　　　到那时,我纵一死何足惜,
　　　　　　　　怎忍心亲朋受牵连。
　　　　　　　　一筹莫展意迷惘哪,
　　　　　　　　心底杂念怎排遣?怎排遣?

【现出刘瑾幻象。】

刘　瑾　嘿嘿嘿嘿……樊莹樊巡按，你怎么老与咱家过不去呀？

樊　莹　我不过遵圣命代天巡狩。

刘　瑾　好！云南收赋税，你奏咱家一本，你还以为咱家不知道？

樊　莹　那是你假造圣旨，鱼肉灾民。

刘　瑾　曲靖府尹沈明谦，一身清廉，爱民如子。你却罗织其罪，致使他孤身充军，你不觉得对同僚过于残忍了吗？

樊　莹　沈明谦看似轻车简从，布衣素食，却是假装仁慈，鱼肉百姓的大污吏。

刘　瑾　你！将圣上尚方剑作为屠刀，滥砍滥杀，竟贬黜云贵文武官员一千七百余名，真乃前无古人后无来者矣，搞得鸡犬不宁，人人自危，你这是在乱我大明朝纲！！

樊　莹　云贵天灾频发，民不聊生，饿殍载道，满目疮痍。可贪官污吏却不顾民生死活，趁机巧取豪夺！若不整治则民怨鼎沸……其中有不少是你的亲信吧？

刘　瑾　哼哟,这话说的。那……云贵救灾指挥吴勇,也是咱家亲信,你不会也去为难他吧?

樊　莹　这吴勇目无王法,不顾灾民疾苦,侵吞赈银,堪称最大贪官,难道不该斩首示众?

刘　瑾　唔,有胆!有胆,嘿嘿嘿嘿……听说你家族兴旺,子孙满堂,你难道不想留条后路?

樊　莹　这……

刘　瑾　嘿嘿哈哈哈……(隐去)

【刘瑾画外音回荡:后路……后路……后路……】

【樊莹一阵眩晕,难以自制。】

顾文瑄　(上)大人,前几天派出去勘查灾情的差官回来了。

樊　莹　那饿死的人数查证了吗?

顾文瑄　查证了……

樊　莹　究竟多少?

【顾文瑄拿出公文,手示四指。】

樊　莹　四万?

【顾文瑄悲伤地摇摇头。】

樊　莹　（看公文）啊！四十万，四十万哪！

【樊莹激愤徘徊，取过刘瑾信件与公文比照，热血升腾……】

樊　莹　吴勇……奸贼！

（唱）　朗朗青天，你罪恶滔滔，
　　　　蔽日遮月，将乾坤颠倒。
　　　　樊莹赤诚对苍天，
　　　　誓下深潭斗龙鳌。
　　　　惩巨奸，平民愤，整纪纲，慰亡灵——
　　　　不杀凶顽誓不休，
　　　　为黎民宁将头颅抛！
　　　　来！押上吴勇，升……堂！

顾文瑄　大人，你要慎重啊！吴勇一案牵连人众，这一刀下去……

樊　莹　这！这可是四十万，四十万哪！升堂！

顾文瑄　（拦住）大人不可哇！这一来天翻地覆，地覆天翻，这树树相连，藤藤相缠，千树万藤都连着朝中刘瑾这棵大树，大人哪！你，你有没有想过,你自己的后路哪!

  樊　莹　（毅然决断）升……堂!

  顾文瑄　（擦泪）升……堂……!

  【幕后齐呼:升……堂……! 升……堂……!】

  【伴唱:一片丹心鉴日月,宁以我血荐轩辕。】

掌声雷动。

这一幕戏,叫《惩贪》。樊莹把宝剑高高举起,浩然正气回荡在舞台上,也仿佛回荡在天地之间。这一幕叫人热血沸腾,群情振奋。

群众需要这样的作品。

时代更需要这样的作品。

弘扬正气,大道人间。

也正如此,《清简樊莹》这部戏一路被各界赞誉有加。

因为人手不足,"班主"几乎每场演出都亲力亲为——不是调音师,就是搬运工兼司机。听到每次演出结束时台下观众热烈的掌声,他心里觉得,"再苦再累,砸再多钱,也都值了!"

四

坚守：给点雨水就发芽

> 此团若今日一散，则永无聚日矣。

一堆金灿灿的胡柚——周志胜对着它发呆。桌上的烟灰缸里积了一堆烟蒂。有人进来谈事情，看见办公室里烟雾弥漫，便去推开了窗。周志胜说，人家都说，这两样东西对抗病毒很有效，也不知道是真是假。

"哪两样？"

"一样是胡柚，一样是香烟。"

对方说："信你个鬼，抽烟百害无一利，专家一直是这么说的。不过你应该是相信的，这香烟抽得云里雾里，你原来是在消毒杀菌啊！"

周志胜说，抽烟是不健康，但是吃胡柚很健康，祛痰利肺。

对方说，这倒是啊。胡柚是很好的东西。小时候伤风感冒，家里人就把胡柚剥开，用胡柚皮连葱一起煎水，热乎乎一碗喝下去，发一身汗，感冒就好了。

胡柚吃起来有点苦，没想到，就是这一点苦却是很好的药。

周志胜也说，这时候，我们愈加相信胡柚是好东西了。最近大家都在转发一条信息，胡柚有几种小偏方，非常管用，你也可以转发给朋友们参考。

对方拿了手机一看，果然——

民间小偏方

胡柚冰糖饮

配方用法：用胡柚一只，自顶部切开，去部分内瓤，置三十克冰糖于壳内，加水一百毫升，隔水蒸炖。

胡柚润肺汤

配方用法：胡柚、桑叶、杏仁、沙参、浙贝、豆豉、梨皮，一日一剂，二次煎服。

胡柚化痰降气汤

配方用法：胡柚、半夏、茯苓、陈皮、苏子、白芥子、莱菔子。一日一剂，二次煎服。

胡柚皮肾炎汤

配方用法：胡柚皮、车前子、白茅根、白扁豆、甘草。若咳嗽须加桑白皮、瓜蒌、枇杷叶；若尿蛋白明显，须加淮山药、茯苓；若脸色苍白须加黄芪、党参。一日二次煎服。

这是一个特殊时期，许多人在咳嗽，一些药物也因抢购而短缺。很多本地人开始重新发现胡柚的神奇之处，每天吃一颗胡柚，既补充维生素，也能起到部分预防感冒的作用。

在这之前的二月，一箱箱的胡柚也从常山县青石镇送到武汉硚口区。那里正是与病毒作战的前线。常山县青石镇政府捐助二千四百箱，总计约十七吨胡柚，送到硚口区，用于分发给广大医务人员和社区群众。到了三月，由阿里巴巴公益基金会、马云公益基金会捐赠的一千箱胡柚也送到了在湖北武汉一线战斗的医护人员手中。

"希望一颗胡柚能帮助医疗队员们清肺润肺，缓解一丝工作的辛劳。"

小小一颗胡柚，在关键时候是爱心的见证与联结。常山胡柚具有清凉去火、止咳化痰、清肺润肺等功效，甚至有辅助降"三高"的功效，自然受到了医护人员的欢迎。在一篇新闻报道中，一位从常山前往支援的医护人员，收到来自家乡的胡柚时说："胡柚是清热解火的，女孩子们很喜欢。正好这段时间很多护士说在上火，我今天看到胡柚很高兴，她们看到也非常喜欢，胡柚非常适合现在吃。"

而几乎在同一个时期，各级政府在为胡柚的销售开动脑筋；本地胡柚企业想方设法收购胡柚，缓解果农的销售困境；县领导和各胡柚产区乡镇的负责人也都纷纷为胡柚吆喝起来。胡柚在这样的特殊时期，以一种特别的方式，被人们重新"发现"。

与此同时，周志胜也陷入了另一重困境之中。这可能是泓影剧团成立以来最困难的时期。受疫情的影响，剧团的演出已经停摆。

怎么办？怎么办？每一个夜晚，周志胜可能都要问自己这个问题。但是这个问题要给出答案，却很难很难。

演员们忧心忡忡地问他："周总，我们剧团现在没有演出，一年下来一两百万元的支出，你扛得住吗？"

她的潜台词，周总听明白了。人家只是不忍心直接问出来。

周总说："现在，如果我们剧团要解散，有一万个理由。不解散，我找不出一个理由。"

"那你……为何不解散？"

没有理由。

好像是一句戏词——樊莹道："那你为何不解散？"

周志胜道："大人有所不知……"

这是周志胜在心中排演许多次的对话——他坐在排练厅台下，演员们还在排戏。这是一方小小的世外桃源，仿佛与外部世界都分离开来。这个外部世界，已经到了二十一世纪，喧喧嚣嚣，熙熙攘攘，而小小的剧团里，小小的舞台上，几束追光灯照着演员的身影。穿着戏服的她们，好像还生活在几百年前，她们似乎就不是这个年代的人。不知有汉，无论魏晋。

寂寞的角落里，在阴影之中，坐着一个不易发现的身影。那是周志胜。烦闷的时候，想一个人静静的时候，他就会坐在排练厅的角落，听听戏，想想事，甚至闭着眼睛眯上一会儿。

他把头仰靠在椅背上，心里有说不出的滋味。

他去过樊家村，去瞻仰过纪念清官樊莹的古老牌坊。此刻，舞台上灯光渐暗，唯有一束光投射在那座牌坊上，映照着上面的字迹"天顺甲申进士樊溢清简，大明嘉靖丙午重整"。

一瞬间，仿佛时间的帷幕被缓缓拉开。舞台上的演员还在唱着，走动，转圈，挥动水袖，一位来自明朝的清官樊莹，就这样走到今天的舞台上。

《清简樊莹》的戏,周志胜不知道看过几回了。从最初的剧本初排,到一次次打磨,再到演员们重聚对戏,从舞台试演,到公开演出,再到跨地区会演、中国越剧节演出……一场一场,一幕一幕,他自己都能背出来了。

樊莹这么一个有血有肉的老乡,他一辈子的为人和行事风格,也早已在他脑海中鲜活。哪里是一个高官呀,真就是一个乡贤、邻居、前辈。

多少次,周志胜想过,如果樊莹还活在当下这个时代,他周志胜应该会跟老人家对饮那么几杯白酒。高兴起来,喝他个半斤八两。

就喝我们常山人自己做的葛根烧酒吧,就用"万里招贤"命名的那一款。

常山江浩浩荡荡,一路东流,樊莹就是在这条江上坐着船出去做官,又坐着船回到故里。这一条江上走过多少贤人平民,走过多少文臣志士,留下了多少璀璨华章。陆游在这江上走过,留下一首诗《招贤渡》:

老马骨巉然,钝尵不受鞭。

> 行人争晚渡，归鸟破秋烟。
> 湖海凄凉地，风霜摇落天。
> 吾生半行路，搔首送流年。

绍兴人陆放翁，南宋的文学家、史学家、爱国诗人，经过招贤渡，为什么这么郁郁寡欢？

江西人杨万里，跟陆游、尤袤、范成大并称"南宋四大家"的他，也一趟趟坐着船来往于江上。后世有人研究，杨万里许多次经过常山，留下书写常山的诗文，其中编入《诚斋集》的就达三十多篇（首）。现存明万历及其以后《常山县志》和《常山县古诗词选》等相关史料，收有杨万里写常山诗八首。比如这一首《过招贤渡》：

> 归船旧掠招贤渡，恶滩横将船阁住。
> 风吹日炙衣满沙，妪牵儿啼投店家。
> 一生憎杀招贤柳，一生爱杀招贤酒。
> 柳曾为我碍归舟，酒曾为我消诗愁。

"一生憎杀招贤柳，一生爱杀招贤酒"！

周志胜也想着，这么多优秀的人，来往江上，经过了常山这一片土地。每一个人，会有什么样不同的人生感悟呢？

大约是宋淳熙六年至八年（1179—1181）之间的某一个深秋，杨万里又一次溯江而上，经过招贤渡。此时天色已晚，他到曾经相识的徐元达家投宿。半夜里睡不着，他写下一首诗《宿徐元达小楼》。诗曰："楼迥眠曾著，秋寒夜更加。市声先晓动，窗月傍人斜。役役名和利，憧憧马又车。如何泉石耳，禁得许谊哗。"

异乡羁旅，难免夜半未眠。如此寒夜，一个孤独的旅人，当会想起人生中的许多事情。此诗的后四句中，杨万里几乎是有些直抒胸臆了。世上的人啊，如此苦累，为名来，为利往，忙忙碌碌，鞍马劳顿，真是可怜。怎样才能摆脱这种苦累和忙碌的日子呢？难道一定只有身归林泉，才能逃脱这世俗尘事的喧哗与苦恼吗？

可怜，可叹！

时代如江水滚滚向前，到了明代，樊莹这样半生为官之人，也不得不感叹流年似水。樊莹的这一首《云间有感》，其实也是周志胜耳熟能详的——"日日奔波日日忧，镜中华发忽盈头。青山有梦不归去，绿水无情强自留……"

一夜之间，樊莹的头发也都白了。

舞台上，演员仍在动情地唱着。尽管演出未能正常进行，但日课仍坚持，始终未断。演员们娴熟的台步，还在舞台上踩出"咚咚咚"的声响。

周志胜怎不感动。

即便是这样的时期，也没有演员主动提出要离职。

这难道不是另一种信任与托付吗？

舞台上，樊莹正静静地站在那里，他发须皆白，目光温和，仿佛在回想自己的一生。

在剧中，当地官员几次进献财物，樊莹毫不动摇，坚决不收。最终，百姓们带着感激之情，用这些拒收的钱财建起一座"却金亭"，以示对樊莹的尊敬。

这个场景，让站在舞台上的樊莹也百感交集。他的心中是否涌起了一股复杂的滋味？

剧终时，台上的樊莹昂首挺胸，面对贪官污吏的逼迫毫不退缩。那铿锵有力的唱词，回荡在剧院的每一个角落里。

【北风起，雪飘飞。】

樊 莹 （唱）悲风四野雪飘零，

寒色孤村暮沉沉。

越尽千山方知倦，

往事如烟意难平。

想樊莹，一生磊落苍天鉴，

披肝沥胆为大明。

十年三乘入南国，

黄河救灾拯黎民。

弹劾贪官整纪纲，

敢向权奸亮刀刃。

明知鸡蛋碰石头，

无私无畏，无欲则刚，我偏向虎山行！

如今老来遭诬陷，

> 这结局，我意料之中心里明。
> 我无愧，一生为民求清简，
> 我无悔，降龙伏虎为黎民。
> 我无愧无悔，无悔无愧——
> 功过自有后人评！

就在这时，一道清晰的声音从舞台后传来："诸位观众，尔等安好。"

这声音，不属于舞台上的任何一位演员，它是如此真实而有力，带着一种穿越历史的厚重感。

演员们一时愣住，连周志胜也愣住了。

随着舞台灯光的再度亮起，一位身穿明朝官服的老人站在舞台中央。面容端庄肃正，目光清澈坚定，正是那位刚刚在戏中塑造的角色——樊莹。

"我，樊莹，今日重返人间，见识当下盛世，实乃天意。"他的声音缓慢而低沉，字字清晰，似乎穿透几百年的时光。

"刚才台上所演，皆为吾昔日所为，拒腐严法，乃官员本分。然吾所思者，并非自身之名，而是清廉之风何以长存。"

舞台下，众人屏气凝神，似乎每个人都有话想跟这位令人敬重的清官吐露。樊莹似乎看出大家的心思，他微微抬手，示意众人稍安勿躁："当下时代，物资丰盈，虽遇一时之艰，而世道奔流。吾等为官者，清廉乃是立身之本。不论世事如何变迁，而人心之道，古今未易。"

周志胜清晰地听到这些话。樊莹拒收金钱，不为权贵所动，宁愿受尽委屈，而不愿抛弃自身的原则——这种种艰难抉择，在他自己看来，不过是理所当然的不二选择。

然而，换了今天，时移世易，物是人非。当下的我们，面对纷乱的周遭环境，又是否能够保持初心、坚定不移？

"世间并无新事，古今故事，不过只是历史的重演。"樊莹继续说道，"然则吾所忧者，并非个人一时荣辱，而是经千百年后，子孙们如何看待吾等。"

说着，樊莹的目光变得深邃，直直注视着周志胜。

真是一语惊醒梦中人。

周志胜醒来，看见台上戏人已散，几个演员还在搬动和整理舞台上的乐器和道具。哪里还有什么樊莹的身影。排练厅中已陷入寂静，仿佛每个人都在一边干活，一边想着自己的心事。

周志胜想，如果樊莹问他，你为何不解散剧团？他现在已经知道怎么回答了。

周志胜道："大人有所不知。此团若今日一散，则永无聚日矣。我向大人学习，所忧者，并非个人一时荣辱，而是经千百年后，子孙们如何看待吾等。"

他朝樊莹的背影，深深地鞠下一躬。

周志胜大概也是从那时候开始打起胡柚的主意的。

他把演员们召集起来开会，告诉大家，我们不仅仅唱戏，我们也要跟上这个时代。这个特殊时期我们不能出去，不能上台，我看很多年轻人在做直播，那我们为什么不能做？

我们戏曲演员做直播，有天然的优势。

我们戏曲演员做直播，也可以带货啊。

带什么货？就给我们常山胡柚带货！

经历了长达一年多的迷惘期后，周志胜也逐渐清晰了泓影的突围方向。二〇二一年的冬天,他打定主意,发动演员们一起搞自媒体。他在剧团里开起了直播间,每人一个房间,上班除了排练,就来直播间里上班。剧团的三楼,就用来做MCN机构——全称是"Multi-Channel Network",直译为"多频道网络"。作为直播电商生态的主力军,MCN机构打造出大量的优质主播、达人,不断推出高质量短视频及直播,为直播带货销售额的提升贡献力量。

泓影来做MCN机构,的确有它的天然优势。周志胜看准了,虽然直播电商不断"内卷",越来越多的人挤进这条赛道,但是总体来看,直播、短视频还是一个大趋势。泓影本身就是一个民间平台,具有"草根"的典型特征——"草根"的意思,就是像一粒草籽一样,被风吹到哪里,就能在哪里生根,给点雨水就发芽,给点阳光就灿烂。一句话,只有生命力极其顽强的植物,才配得上"草根"这个名字。这是一种至高的赞美。

很明显,泓影这样的剧团,就是这样的"草根"。

说起来也是,浙江的民营企业,最大的特点,不就是生存能力极强吗?

为了把这批直播新人带上"网红"的大道,泓影开始补习MCN机构的相关知识,同时,泓影果断地引进了十来人的专业运营团队。

也就是说,周志胜为了给专业戏曲演员们寻找一条突围的道路,又给自己刨了一个更大的"坑"——当然这是开玩笑的话,却也足以证明周总独到的眼光与思维方式。

培养一个戏曲演员,真不容易。

从二〇一四年到二〇一五年,泓影主动联系省艺校,谈妥接收艺校的毕业生来剧团实习。实习期限是一年到一年半,剧团提供免费食宿。演员是一个吃苦的行当。台上看看,几个肢体动作,几个眼神,几个台步,好像也不那么难。其实只有行内人才知道,这背后全是功夫,不是一时三刻就能搞定的,而是需要长年累月的练习。泓影为戏曲新人提供了很多机会。

有句老话,台上一分钟,台下十年功。

当一个年轻人刚从艺校或越剧学校毕业,往往是从"跑龙套"开始,几年里都轮不到重要的角色。可即便是新手，依然要坚持繁重的基本功训练。每天清晨，天未亮，剧团练功房已传来年轻学徒们压腿、拉筋、下腰等练习的身影。这些基本功，看似简单，却极其考验人的耐力和毅力。压腿，要坚持到肌肉酸痛才能放松，拉筋往往伴随着眼泪和汗水，腰部训练则可能带来长期的酸痛，甚至有可能受伤——从前的专业剧团，或是民间戏班子，哪个演员敢在这些基本功上打马虎眼？

除非你就不想吃这碗饭。

许多年轻人，可能就在这一个阶段就放弃了。苦啊！只有那些真正热爱的、少数能坚持下来的人，才有机会继续前行。

在掌握了基本功之后，新人演员开始琢磨唱腔、表演和角色塑造。唱戏讲究唱、念、做、打，需要全面发展。唱腔是越剧的灵魂，演员不仅要学会用独特的嗓音演唱，还要通过声音表达情感。初学者的发声，常常粗糙不堪，无法掌控气息，更别提将情感融入其中。老师会反复指导，一遍遍让她们练习吐字发音、声调转换和情感表达。一段唱腔，可能要练习数百次，直到声音和情感完美融合。

同时，表演的细节，也是要经历千锤百炼。越剧中的每一个动作，每一个眼神，都有其特定的含义和讲究。年轻演员们在老师的指导下，反复揣摩和模仿，不断修正自己的动作和神态，力求达到精益求精。更为重要的是，演员要理解角色背后的故事与情感，把自己完全融入角色之中，让观众感受到角色的喜怒哀乐。

新手演员，往往从"跑龙套"和群演做起。有时候，就演个丫鬟，演个兵，一场戏下来，进进出出，没有一句唱词。这些角色虽然不起眼，却是演员成长的必经之路。好的演员，都是这么走过来的，从一个无名小卒，成长为台柱子，无非也是在一次次的演出中，总结经验，寻找和确立自己的表演风格。一个花旦，哪里是轻而易举能够修炼出来的，都需要极高的艺术造诣和舞台掌控力。这背后，既要有表演的功夫，更要有克服紧张、焦虑等心理障碍，在舞台上游刃有余地应对各种突发状况的能力。

还有，还有——就算是成了名演员，成了剧团的台柱子，就可以高枕无忧了吗？非也！作为一个演员的挑战，并没有结束。台柱子，不仅是剧团的核心，也是观众心目中的偶像。他们的每一次演出,都会受到更多的期待,每一个失误都会被放大。成名后的演员要更加严苛地要求自己,继续刻苦训练,不断超越自我。那么多双眼睛盯着你,剧团里的同事也盯着你,不拿出压得住台的东西,能服众吗?

归根结底,没有一个演员是容易的。做一个戏曲演员,更加不容易。每一天都要保持热爱,每一天都要持之以恒,这才能不断提升自己。

我和周志胜这样聊着天,聊着聊着,我也为周总感到不平——戏曲演员不容易,作为戏班班主,躬身入局,运营这样一个民间剧团,就更不容易了。

眼下这个社会,经济快速发展,但地方戏曲的市场却并未随之壮大,而是在飞速萎缩。就连京剧这样的大剧种也难逃此运,何况越剧、婺剧这样的地方小剧种。一名戏曲演员的培养过程,漫长而艰辛,而另一方面,戏曲的受众在减少,愿意从事这一职业的年轻人也越来越少,因为他们在这个过程中,得不到足够的成就感。

戏曲传承,现在面临一个断层的情况。即便有少数年轻人愿意投身于此,他们也很难像过去那样,从小就在戏班中接受系统的训练，日复一日地打磨基本功，然后用漫长的时间，去成长为一个名角。

现在运营一个民营剧团，太不容易了。资金短缺啊，你会发现剧团的运营成本高到让你怀疑人生——包括演员的工资、舞台的租赁、服装道具的购买制作，等等。如果要排新戏，那就更是一个无底洞。最后你又会悲哀地发现，台下的观众人数少，而且全部都是白发苍苍的老人家。

有一次，周志胜带着剧团下乡演出，他忘了是在哪一个村了——台上的演员，比台下的观众还多！

尴尬吗？当然尴尬啊。但是我们的演员们，一招一式，一个眼神一个台步，依然是一丝不苟，毫不打折地唱完全场！

唱戏，是个苦行僧的行当。

现代社会，时代潮流下，还能容得下这样的艺术吗？

有的戏曲演员，演了两年戏，忽然就离职了，因为谈了恋爱，去大城市了。有的人呢，虽然也喜欢演戏唱戏，但是毕竟钱少——换到城市的酒店里当领班，收入直接就翻番了。

有的年轻演员,还有点"物质"——也别说,人家当然没错呀。谁不向往更好的生活?现在的年轻人,你不能怪他们,现在的社会就这个样子。

周总能怎么办——他没法跟时代抗衡呀,他能像个堂吉诃德一样去和风车战斗吗?

一个人,能坚定地去走自己热爱的道路,真的不容易。在这个时候,尤其不易。

团里有位年轻的演员,叫小雨,出生于一九九五年。她在幼儿园里就开始学舞蹈,小学里就学拉小提琴。十六岁那年,浙江艺术职业学院到她就读的学校招生,父母鼓励她去试试,于是,意外之缘,她就此走上越剧艺术的道路。

当时,她原本是想报考声乐和舞蹈专业。结果以微弱的分差落选,但她的身段和嗓音条件过关,意外进入那一年报考人数不多的越剧表演专业。

后来她才知道,越剧表演可是这座学校的一张金名片。许多越剧名家都是从这里走出去的。而对于小雨来说,并非从小的理想引她走到这里,虽然小时候在电视里听过越剧,也在古镇老街的黄昏听到过邻居家中传来越剧悠悠的唱腔,但她其实并未对越剧本身有多大的热爱。

可是,既然来了,就学呗。

学越剧很辛苦,一入学就是压腿、下腰、前桥,每天苦练。吃不消时,不知道偷偷掉了多少泪。老师说,从前学戏曲的人,大多都是"童子功",如果十六七岁以后再练功,身体已不再柔软了,练起来相当不容易,需要比别人付出更多的努力。

越剧学制五年。除了基本功,还有唱腔、身段,基础阶段,就学这三样。很枯燥,也很磨炼人。反反复复练习两三年后,有了一定功底,才开始学习表演和塑造角色。

走艺术这条路,很残酷,也很艰辛。有人说,学得那么苦,到底有多少人能在艺术这条路上冒出来?一起学越剧的人,因为吃不了苦,很快就被淘汰了一批。又因为基础功不够扎实,再被淘汰一批。有机会登上舞台的,本已凤毛麟角。再加上声音、身段等各种先天条件,真正能在舞台上发光的,就更加难得。

从浙江艺术职业学院毕业后,经老师推荐,小雨到外地一个越剧团实习,其后因为成绩优秀,遂考入该剧团,成为一名专业的越剧演员。那时候,剧团十分繁忙,经常各地奔波演出,一连十几天在外演出,演出间隙难得休息两天,又接着演上十天半个月。

演戏自然也是从"跑龙套"开始。一部叫作《喜剧之王》的电影里,周星驰饰演的尹天仇一直想成为演员,但是一直是跑龙套,基本没有台词,被吴孟达饰演的卧底大骂"死跑龙套的"。这部电影,是"星爷"自编自导的,他饰演的尹天仇虽然只是个跑龙套的,但是他依旧很认真地学习《演员的自我修养》。这部电影成为一九九九年的票房冠军,也成为许多人的青春记忆。后来过了很多年,小雨看到了这部电影不禁也被深深打动,那个跑龙套的身影,是多少奋力拼搏、从不放弃的演员们的缩影。

在很长的时间里,小雨也经常出演丫鬟,一般都是跟在主演的后面,从头到尾干站着,即便只有两三句台词,也从不懈怠。跑了很多年的龙套之后,剧团领导终于发现她是棵苗子,开始培养她做主角。后来,因为家庭方面的原因，小雨也来到了常山县的泓影剧团，成为一名主演。因为扎实的基本功、专业的唱功和柔美的身段，小雨受到了观众的喜爱。

疫情当中，小雨开始搞起了直播。播着播着，她的粉丝日渐增长。

现在，直播行业也"卷"得很。有的人唱歌直播，一个人就可以是一个工作室。歌声不美，没事，用软件修一修，跟原唱一个样；颜值不高，也没事，用直播软件美化一下。总之，各种各样的工具，都可以为直播所用，各种各样的人物投入直播大军。每一个成功的"网红"背后，明眼人都能看出来——都有一支大部队。

戏曲怎么样呢？周志胜发现，戏曲的直播根本无法单打独斗。这一行业，如果只有一个人，简直是啥也干不了。

从一开始的无人问津，慢慢积累人气，再到经常性的爆火。现在，小雨的抖音号上已积累了八九万名粉丝。这是什么概念？戏台子，能有多大，从前再大的戏台，也不过那么十来平方，几十平方，一个演员站在那里，能被多少人看见？现在网络平台是巨大的，它可以连接到众多原本并非忠实的戏迷朋友，这也让天涯若比邻成为可能。其实真是如此，只要意趣相通，再远的地方都可以通过网络"打马相见"。

如今，像小雨这样的演员，直播平台粉丝超过五六万的，泓影已经有十来位了。他们赚的钱也不少。可周志胜还是忧心忡忡。他想到的是更远一点的未来——他不是担心市场，而是担心人才。

青黄不接的戏曲演员，将是一个普遍性难题。"老生也会老啊！"周志胜说得相当悲凉，可是这是一句大实话。当老生也老了的时候，这样的地方剧团还能撑下去吗？

周志胜的回答是坚定的——那怎么办呢，坚持一年是一年！

有一天，周总包了一块地。

这事传出来，演员们也议论纷纷——难道周总要抛下我们，自己改行去种地了吗？

剧团背靠的群山深处，有一个和尚弄水库，水库边有一百六十多亩地，总共有两千多棵胡柚。周总悄悄地把那片地、那些胡柚树盘了过来。他一次次到山上去，认定了那里未来会是一片精品胡柚果园。

那些果树，原先是水保站的职工们种下的，至今已经有二三十年，老枝干比胳膊还粗。后来果树几经转手，兼之疏于管理，不免有些荒芜。周志胜有时去那一片山里走走，看到山野地形不错，还有一个水库，一打听，人家也想转让出来，于是一拍即合，周志胜就把这片山头一起转包过来。

他想的是，这片山野好好打理一番，再补种一批胡柚树，估计总数可达五千棵，这样的话，一年能丰收二十万公斤胡柚果实。

然后，再把泓影的直播团队拉进胡柚林。

想想看，胡柚花开的时候，满山满谷飘荡着柚花的香。在山野里摆开茶席，三五好友坐在林间喝茶，陪花再坐一会儿，可抵十年尘梦。这个时候，再打开直播软件，剧团演员们在花间起舞，唱戏，讲一讲常山生活之美，传播一下这青山绿水之间的文化积淀，就是一件特别好的事情。

周总的想法，是把一二三产打通。在常山这么一个传统的农业县，光卖农产品，卖胡柚，是很难有大作为的。只有把二产三产联合起来,农文旅一起出击,才可能增加土地上的收益。一座水库,养了很多鱼,不能只卖鱼,要卖风景和快乐——客人们来到山水之间垂钓,休闲垂钓是一个营收项目;累了要休息,饿了要吃饭,于是餐饮、咖啡也可以搞起来;一家人来了这里,爸爸去钓鱼,妈妈去喝茶,孩子干什么呢,也要有游乐设施。这样一来,水库就不只是一座水库了,它会是一个休闲娱乐的综合体。

剧团也要有更多的生存手段。周总也一直在思考着,除了戏曲,我们还能不能增加别的内容?现在各地搞音乐节很热闹,什么草原音乐节、森林音乐节、稻田音乐节、沙滩音乐节,泓影其实也可以搞音乐节。流行音乐是大众文化,哪个城市有音乐节,很多年轻人请了假、坐飞机、赶高铁也要去参加。我们泓影剧团是不是能搞音乐节?当然可以。我们的演员也能歌善舞,将来也可以有针对性地引入一些歌手、舞蹈演员,变成一个歌舞剧团!

周志胜的心里,还藏着一个摇滚乐队的理想。真希望有一天,能把摇滚乐队、民谣歌手,请到我们胡柚音乐节上,请到山野和稻田中间,在这里点燃年轻人的快乐和梦想。一个年轻人，内心有梦想，有激情，是多么重要的事情。曾经的少年，躲在县城低矮破旧的小平房里敲锣打鼓、弹吉他，那时候的条件多么简陋，可是，青春的激情，从未丢失过。

老了吗？

不！只要内心还有理想，我们就不会老去。

周志胜抱了一堆胡柚出来，说一定要尝尝，这是全县最好吃的胡柚。他这么说，我们当然相信。我们也相信他的理想，只要他去想了，去做了，就没有做不成的事情——建一座精品胡柚果园，让戏曲和音乐都在果园唱响。春天有春天的美好，柚花开了，满山遍野的花都开了，在这里吃茶看花。夏天有夏天的美好，夏天的夜晚星空纯净，萤火虫飞舞，人们可以逃离城市的喧嚣，来这里露营垂钓。秋天有秋天的美好，满山胡柚成熟，一起来感受丰收的喜悦吧，音乐节的露天舞台，完全可以在胡柚林间搭起。冬天呢，冬天更不用说了，如果有一场雪下来，人们躲进山中，感受山野自然的寂静，品尝生活的本真之味，不也是一件美好的事情吗？

说来说去，一座胡柚果园，一座长满果实的山林，是人们对于美好生活的实践之所。说起来，周总这半生的努力，创业办公司，花巨资重建剧团，在演出市场困境中挣扎，千方百计谋划出路……这一切的努力与追求，不正是为了美好生活这一个目标吗？

初心从未改变——在这样的美好情境里，还能卖货——要把常山的宝贝农产品卖出去，增加农民收入，促进乡村振兴，这是核心的问题。

周总自然记得，这是一个非常动人的故事，"历任县委书记齐抓一只果"。从上世纪八十年代以来，历届县委、县政府都把推动胡柚产业发展作为重要任务，"一任接着一任干"。由此也可以看出，胡柚这个产业，对于常山城乡经济社会发展的重要意义。

周总成立了一个新的公司——浙江爽柚柚食品有限公司，主要做胡柚的深加工。他专门调研了日本的杂贺柚子汁。这个柚子汁，在杭州大厦的一家日本料理店喝到过，很好喝，口感酸酸甜甜，能喝出刚采摘下来的柚子的那种新鲜感。

这款柚子汁的广告语，不妨在这里抄一段。这段文字的背后，也隐藏着人们对于那片生长果实土地的赞美:"闻起来,像是挂着水珠的柑橘花;一整颗刚切开,汁水四溅的柚子,仿佛就站在和歌山的果园中——随着微风吹来阵阵清新的果香,入口像吃了满嘴的柚子粒。香气四溢的同时,口舌生津。柚子、柑橘、柠檬草香呼之欲出,简单的酸甜苦香"。

周总也希望能生产出一款能代表常山胡柚美学高度的产品。口味清新,解腻,冰镇过后,更适合夏天喝,加几颗冰块,然后加半杯气泡水,调制出来的口感就刚刚好——这个目标当然也不容易。他知道现在胡柚汁同类产品非常多,大家相互竞争很激烈。但是他说,有竞争是件好事,无论谁做得好,谁做得大,都推动了常山胡柚产业。这也是常山老百姓们都乐见的事情。

周总邀请我,什么时候一定要去他的胡柚园里,在春天的柚花香里坐一会儿。事实上,总有一些时候,他从董事长办公室里出来,或从剧团的排练厅里出来,不一会儿,又出现在了果园中,变身为一个果农。

不论是办企业还是办剧团,不论是演戏还是料理一棵果树,都是需要一颗匠心的。一颗能够从春到秋,从辛苦劳作再到等待慢慢丰收的坚守之心。

五

如痴：为人生寻找出口

> 与你春日早起摘花戴，
> 寒夜挑灯把谜猜，
> 添香并立观书画，
> 步月随影踏苍苔。

六点多钟，姜新花被急促的电话声惊醒，接起电话，脑袋瞬间一片空白。

电话那头说，"老徐现在情况很差，还在抢救……"

这怎么回事，不是昨晚还在医院住得好好的吗？头天元宵，姜新花刚在县里演完一场戏，晚上赶回龙游，直接到医院陪了老徐一会儿。她丈夫老徐本来是有轻微脑梗，血压有点高，血糖也有点高，觉得不舒服，去医院检查了一下，没什么大碍，为了保险起见，还是住了医院。晚上还好好的，聊天也毫无异样，后来见时间有点晚了，老徐看姜新花太累，让她回家休息，说回家能睡得安稳些。

看老徐没啥事，姜新花也放心地离开了。

结果第二天一早，就接到电话，像是晴天霹雳。

姜新花立马赶到医院，已经天人永隔。后来才知道，六点多钟电话里说老公还在抢救，其实真相是，人应该早就走了。同个病房里住了五个病人，医生早上查房的时候来量血压，才发现不好。

同病房的人，晚上都没听到什么动静。

姜新花觉得天都塌了，心里的痛和悲，伴着内疚一起，铺天盖地。

老徐退休才八个月，还没来得及好好享受退休生活，出去走走，看看外面的世界，享受一点清闲。他在公安系统工作，常常很忙。但是老徐人好，他和姜新花还说好了，也来剧团帮她带带演员，不拿工资。他有退休金的，用用足够了。

姜新花呢，一直在剧团，当这个团长不容易，平时工作也很忙。加上剧团的演出，经常是在晚上，县城离家有几十公里，平时住在儿子儿媳这边，和老徐也是聚少离多。

这十几年间，本来也没多少时间照顾他，结果这一下，老徐都不给她机会了。

演戏这件事，老徐一辈子都是发自内心支持姜新花的。一九八七年，常山越剧团宣告解散，姜新花自谋出路，回了江山婺剧团。当时江山婺剧团也是一个专业剧团，有个年轻人演大花脸，就是徐侠前，性格豪爽，人称"大侠"。因为经常要演对手戏，一来二去，两个人谈起了恋爱。

徐侠前是有编制的，戏演得不错，性格好，人也勤快。可是人各有志，他当时一心就想当警察，拿手枪。

他父亲在龙游办企业，他就回了龙游，进了公安系统。

因为有专业婺剧团的职业经历，他在公安系统可是大大露脸。系统的歌唱比赛、文艺汇演，他常常是一上台就拿一等奖。他演杨子荣，唱《林海雪原》片段，至今还被公安系统的老同事们念叨……

现在老徐走了，姜新花很长时间都没有从失去挚爱的悲痛里走出来，整个人情绪消沉，提不起劲。剧团的同事们也去慰问她，周总也去看望她。姐妹们知道，要让她从那个情绪里走出来，还得是这个办法——让她上台。

那次在衢州天妃宫，有场演出，演的是越剧《泪洒相思地》。

这是个越剧的传统剧目，苏州有个书生叫张青云，到杭州求学，跟少女王怜娟在后花园一见钟情，私订终身。三个月后，张青云接到母亲病重的家信，两人分别，张青云回到苏州，方知父母设下骗局，让他与尚书之女成婚，为谋前程，他背弃了王怜娟。王怜娟久等不到青云音讯，又因怀有身孕，被其父推入西湖，幸被渔婆救起。之后，王怜娟变卖首饰作路费，来到苏州，青云不肯相认……

这个剧，改编自《今古奇观》中的《王娇鸾百年长恨》。后来被许多剧种移植，如豫剧、曲剧、黄梅戏、花鼓戏、川剧等。剧情也广为人知。很多戏迷每次都看得眼泪嗒嗒，为剧中人抛一把辛酸泪。姜新花也是。

那次，演张青云的小生临时有事，来不了，怎么办，要让姜新花顶上去。

姜新花本来不想演。老徐才过"三七",这时候就上台演戏,不合适,整个人也提不起精神。

团里一商量,周总找姜新花:这个事情没办法了,只能你上,帮帮忙,帮帮忙。

拒绝吗?姜新花说不出口。

周总说,老徐一辈子支持你唱戏,现在他也一定希望你能好好唱戏。

姜新花落泪,一边化妆、穿戏服,一边调整情绪。

一直压抑着内心的情绪,这二十多天,她魂都丢了。可是,现在她准备好了,站在台边候场,鼓板一响,胡琴一拉,熟悉的旋律起来,她整个的魂,全部回来了。

这台戏唱完,姜新花又"活"过来了。

姜新花说,想想这一辈子,也真像是一场戏。

戏里有世间最大的悲伤,唱完那样的戏,戏服一脱,戏妆一卸,悲伤就烟消云散了。毕竟那是一场戏。自己心里的悲伤,再大再重,唱完了戏,戏服一脱,戏妆一卸,悲伤好像也真的像是烟消云散了,就好像也是一场戏。

是啊，只要往台上一站，一个人的人生，好像就圆满了。

人家叫他把剧团扔掉吧。

这么重的负担，一扔，一年多拿一百万。这样的好事，你不干，你不是傻子吗？

周志胜想来想去，不干。

还真是个傻子。

其实解散是最简单的，只要通知办公室，让大家明天不用上班了，这事就算完了。到现在他也没让解散，他也从来没有这个打算。

想当年，老剧团的一帮人为什么会重聚？无非是人人心中都有一团火。

这团火，还在大家的心里烧着。

这团火，也为这座古老县城的人们，留下了一些内心的记忆。

周志胜当然还记得自己童年时的那座村庄，飘荡在田野山丘之间的戏腔，还有做戏的夜晚，那亮如白昼的灯光。

更多的人，其实也记得家家户户有线广播里，每到中饭和晚饭前后，播送的戏腔。

周志胜回到箬溪。

那是他的村庄，山坡上长满胡柚的村庄。

大概在十多年前，村里为了增加农民收入，对五百多亩胡柚实施了"三疏二改"。这是当时全县域推行的一项农业措施，具体来说，"三疏"指的是疏树、疏枝、疏果。疏树，通过隔株间伐，每一亩地保留胡柚树六七十株；疏枝，对树体过高的密蔽大枝、交叉枝进行修剪，保持树体通风、透光；疏果，则是在七月和九月，对树体顶部和下部的密生果、小果疏摘，提高果实的品质。另外，"两改"则是改良土壤、改进果园管理措施。当时，这些技术，普遍提高了果树的产量和品质。村里还建起了一支胡柚贩销队伍，帮助村民把胡柚销售出去。

现在，村庄里的果树长势都很不错，满树挂果，沉甸甸的。

村里的文化设施改善明显，由乡贤们共同援建的箬溪书院，可以说是村庄里的文化地标。正值暑假，二十多名学生们会集于书院，一起读书、习字。箬溪书院的创建者之一聂天明，是村里第一位考上大学的孩子，他长年在外创业经商，但也一直关注着家乡的发展。二〇一八年夏天，他联合朱灵等众多乡贤，共筹集资金五十余万元，共同创建了这个箬溪书院。箬溪村向来崇尚学习，自恢复高考以来，这个只有一千余人的自然村，先后有近百人考上大学。

  箬溪书院所在，原是一座清末建筑，在风雨中坍塌过半。修缮一新之后，成为众多孩子们流连的地方。在书院的重要位置，张榜挂出一个详细名录，从二十世纪六十年代考上中专、中师等学校开始，一直到二〇二二年考上大学、研究生为止，计有一百八十七人。热心于村庄文化建设的朱灵，新近给我发来二〇二二年之后两年内考上大学的名单，共有十九人。这是一串长长的名字，如果要把所有的名单都列出，将极大占用篇幅，不妨列出这两年的名单，虽挂一漏万，也便于读者诸君了解——

2023年学子名单：

1. 聂华珍：中国地质大学本科
2. 杨智杰：浙江师范大学本科
3. 兰岳云：浙江工商大学博士
4. 吴星祺：浙江师范大学硕士
5. 蔡张研：浙江理工大学本科
6. 杨琦：中国医科大学博士
7. 曹婕：苏州大学硕士
8. 张静：浙江商业职业技术学院本科
9. 曹维忠：衢州学院本科
10. 聂华晟：加州大学洛杉矶分校（UCLA）博士

2024年学子名单：

1. 余旷：宁波大学本科
2. 曹菲：义乌工商职业技术学院大专
3. 李思思：杭州商学院本科
4. 吴梦绮：北京师范大学硕士
5. 余华君：绍兴职业技术学院大专
6. 曾翼辰：浙江财经大学本科

7. 曾夏楠：南昌工程学院本科

8. 朱奕娴：浙江农林大学本科

9. 张瑞银：温州理工大学本科

一座村庄，文化是镌刻在骨子里的。

我们可以想象，箬溪这样一个小小的自然村，文脉何以如此深厚。

在我看来，一座村庄，过去与现在的时光，就在这样一座书院里交汇。这座村庄就是常山这座县城的代表，是当下中国乡村文化传承的缩影。

文化一脉，源远流长，正是这样的潜移默化里，它为当下的人找到行事的依据——什么事可以做，什么事不行；什么是人一辈子的事，什么是人一阵子的事；什么事可以传之后世，什么事是过眼烟云。

这就是价值观。

这就是在那些老掉牙的戏文里，唱过一遍遍的东西。

那些老掉牙的剧情，半白不文的戏词，让人时不时掬一把泪的故事，让妇孺老幼都慢慢懂得天地人间的规律、法则、善恶、美丑。

这会儿，箬溪书院里，正举行箬溪青龙奖学金的发放仪式。

十来位考上大学的学子，接受了奖学金。

拿到奖学金的学子聂华珍自豪地说，"我很荣幸能获得奖学金，进入大学后，我会努力完成学业。等我将来有能力了，也加入基金会，回馈家乡。"

天色渐渐地暗下来。

一座村庄，现在依稀还有越剧戏腔响起来。箬溪村后的山还是那么高，田野中间的小路还是那么弯，外面务工的人这会儿开着电瓶车赶回家。周志胜也好，朱灵也好，或者是聂天明也罢，他们如果走在这样的村道上，关于这座村庄的记忆，都会在自己的心间不时重现。

戏腔响起来了——

我合不拢笑口将喜讯接，数遍了指头把佳期待。
总算是东园桃树西园柳，今日移向一处栽。
此生得娶你林妹妹，心如灯花并蕊开。
往日病愁一笔勾，今后乐事无限美。

从今后,

与你春日早起摘花戴,寒夜挑灯把谜猜,

添香并立观书画,步月随影踏苍苔。

从今后,

俏语娇音满室闻,如刀断水分不开……

村里的妇女刚洗好碗,摘下腰间的围裙,这会儿一齐汇聚到村中的广场上来。舞台上灯火通明。穿好戏服的人已经走到灯光之中了。

那个叫周志胜的少年,坐在稻草垛的旁边,早已如痴如醉。

卷肆 回甘

> 一颗果实也好,一个人也好,都是在世上修炼。

（一）生活之味

> 常山人能吃苦，不叫苦，
> 能拼搏，敢奋斗。
> 刨根问底，
> 这就是常山胡柚的味道，
> 也是生活本身的滋味。

场景一。

正月里。小伙上门提亲，给姑娘家挑去两担彩礼。其实姑娘和小伙两个人早已相互中意，于是这提亲的程序，也很顺当，双方都开开心心的，两边参与提亲的亲友也都喜气洋洋。

回礼的时候，女方父亲说，既然你们两个年轻人都不说什么，我们做父母的也没有什么话好说。就是有一点，今后，你们要搞好生产，搞好生活。

原来，这女方父亲早就悄悄备好了两棵树苗，也就是胡柚树小苗，并用红纸点缀了树枝。

小伙高高兴兴地挑着两棵树苗回去了。这一年，他不仅种活了这两棵胡柚树苗，还在房前屋后又种了一百多棵胡柚树。后来，他和姑娘结了婚，几年后又成了村里的胡柚贩销大户。

两棵胡柚树，还在他屋前生长良好，三十年过去，两棵树依然年年开花，年年结果。孩子们都长大了，他们也有了孙子。年年正月里，全家老小团聚，大家坐在堂前喝茶，依然会津津有味地聊起两棵胡柚树的故事。

"老调重弹，这个故事讲了一百遍都不止了啊！"她说。

"讲一百遍也不会厌啊！"他说。

场景二。

秋风吹落黄叶的时节。下班路上，他买了一大袋胡柚，因为她爱吃胡柚。

恋爱时，他提一袋金黄的胡柚去另一个城市看她。

她呆住了：他怎么那么朴素，简直和胡柚一样。她吃了一个胡柚，两个胡柚，三个胡柚，许多胡柚，然后就爱上了胡柚的味道。他呢，喜欢为她剥胡柚。胡柚皮厚，剥胡柚也很费事，可在他手中，剥个胡柚却易如反掌。他轻车熟路地剥开金黄的外壳，再把胡柚一分二，二分四，细细分瓣，又撕开柚瓣上一层白色薄膜样的柚衣，一粒一粒晶莹的果瓤，闪烁着光泽。

她发现，自己的生活里再也少不了胡柚了。

听到她回家的声音，他从书房出来。此时他已将手上的胡柚剥去了外壳，又一瓣瓣分开，送到她的嘴边。

"柚衣还没剥去啊。"她说。那整瓣的胡柚上，柚衣还在，柚衣上还留着丝丝橘络。她知道那是苦的。

这是胡柚的另一种吃法。他说，胡柚这样吃，可以治感冒。

吃了一瓣，好苦啊。又吃一瓣，不再那么苦了。继续吃，苦味已淡，而舌尖犹留一丝余韵悠长的酸甜。后来，一年一年，她习惯了这样吃胡柚，不再去除那一层白色的柚衣。

场景三。

这一节故事，摘自我为家乡写的一本书《陪花再坐一会儿》——

柚花落的时候，厚质的花瓣铺陈一地，也使人心中生起一丝惆怅。柚花的香有一种幽远的力量，花瓣虽落了，空气中犹有花的香。这就使人高兴起来，花落春仍在——花即便落了，胡柚结果便也不会太久。事物相因，一切都值得期待。

"花落春仍在"，原是俞樾的句子。

清道光三十年（1850），俞樾中了进士，发榜十天后要进行殿试，殿试过后是朝考。这一年朝考的题目是，要求考生以《淡烟疏雨落花天》为题写一首诗，并敷衍成文。这个题目，意境虽美，却有一种伤春悲秋的颓废气息。俞樾看到这个题目，写下一句，"花落春仍在，天时尚艳阳"。花落了，春仍在，这里有明朗的一面，充满明媚的气息。几天之后消息出来，俞樾在朝考时中了头名。

后来俞樾才知道，这个头名是曾国藩力荐的。

柚花落的时候，看到白色花瓣铺了一地，不免也会有一点点遗憾，终究会使人想到不久之后，这枝上将有胡柚结果；再过不久，又可以品尝到胡柚的美味。乐观主义者都是这样，世上的事情，本没有什么坏的好的，不过都是过程而已，只要珍惜这个过程，不叫一日枉过，不叫落花流水顾自去，便是好的。

场景四。

这个故事，来自我的朋友刘峰。

他是常山县第三届"乡贤才俊"、二〇二二年度"最美常山人"，也是影视制作人、导演，吉盛文化传播有限责任公司执行董事。刘峰带领团队以打造本土文化IP为己任，陆续创作出《胡柚娃之胡柚诞生记》《胡柚娃之拜师学艺》等多部精美的手绘动画片，常山县委宣传部、上海美术电影制片厂、浙江吉盛文化传播有限责任公司联合摄制的电影《胡柚娃》也走进各个影院。

在他的记忆深处，关于胡柚，还有一段"痛"的痕迹。一九八八年，不到十岁的刘峰和父母一起在山上挥汗如雨，种下胡柚树。那时候，农民们寄希望于胡柚树，全县兴起了种植热潮，房前屋后都种上了胡柚。过了三四年，胡柚终于挂果，刘峰看着满枝金果，很开心。然而那一年胡柚果无人收购，卖不出去，辛苦几年的心血白费，父亲一怒之下，把之前种下的胡柚树都砍了。

这心灵深处的痛楚，留在刘峰心中。三十年后他为家乡拍摄了动画片《胡柚娃》，并告诉我，看到许多优秀企业家投身胡柚相关产业，也看到如今的胡柚变成了共富金果，打心眼里感到高兴。

场景五。

二〇二二年十二月。

浙江省公布了第一批省级农业文化遗产资源名单，常山胡柚筑坎撩壕栽培系统入选。常山胡柚筑坎撩壕栽培系统，是常山县传统生态农业的精华，在生态关系调整、系统结构功能整合方面有着微妙的设计，通过互利共生的关系提升了农业生态系统的服务功能，并创造了壮观瑰丽的乡村生态景观。

二〇二三年十一月。

"吃了胡柚一担，省去药费一半"，六百年历史的常山胡柚入选全国"土特产"推介名录。农业农村部发布《2023年全国"土特产"推介活动拟推介"土特产"名录》，共推荐昌平草莓等一百八十九个全国"土特产"。其中，常山胡柚入选名录，成为浙江省入选的十个土特产之一。

二〇二四年三月。

这几天，趁着天气晴好，位于常山县新都村的艾佳千亩胡柚种植园内，工作人员开始了01-7新品种胡柚的定植工作。该品种由常山胡柚种苗繁育中心培育而成，相比传统胡柚，新品胡柚果实扁圆，挂果早，具有果皮薄、果肉糖度高、化渣性强、不易枯水、更耐贮藏的特点。

"我们已经在新都村流转了一千亩土地，目前已完成了其中两百亩的种植。"种植园负责人李建说，这种新品胡柚需要经过三年的苗木期，第四年才能挂果，虽然培育周期较长，但品质较高。

场景六。

胡柚堪入馔。

近年来，常山县餐协名厨委、良友酒家、华府酒店着力探索研发以胡柚为主题的鲜辣菜品，赋予了常山胡柚新的文化内涵。以胡柚为主要食材的胡柚菜品，充分保留了胡柚的药理特性，"胡柚文化宴"被称为常山养生名宴。

这是一份胡柚菜单——

冷菜（四道）：双味胡柚酱、香辣小溪鱼、香干野菜、草坪鲜辣酱。

热菜（九道）：柚果冻、禅衣柚、燕窝柚盅、香酥柚脯、柚皮炒辣椒、水晶柚福袋、拔丝开胃胡柚、冰草胡柚色拉、柚乡肉圆。

点心（一道）：常山麦香饼。

饮品（二道）：胡柚酒、胡柚汁。

另外，常山还有几道"胡柚药膳"，可以招待贵宾——柚乡鸽、胡柚牛肉酱、柚丝八宝菜、柚香酷糕等。

其中的"八宝菜"，是常山人都懂的一道美食，也是一道倍受常山人喜爱的家常小菜。不管是过大年还是平常日子，常山人的餐桌上常有这道菜。干萝卜丝、胡萝卜丝、芹菜、冬菜、千张、笋丝，七七八八，一道炒起来，特别爽口解腻，也尤其适合清晨用来过粥。在八宝菜里加上一道柚丝——也就是胡柚皮切丝，顿时让八宝菜的味道变得更加丰富，也更加解腻了。如果是在过年时节，大鱼大肉吃多了，这一道菜一定是众人争抢的目标。

至于醋糕，更是常山的地道美食，也是常山最为古老、最有代表性的小吃，是常山百姓早餐店的必选项目之一。常山醋糕历史悠久，自明末清初年间始，每逢端午节、中元节和中秋节，平常人家都要制作这一风味小吃，它还被列入衢州市非物质文化遗产保护名录呢。说到制作工艺，醋糕乃是用米粉加上酒糟发酵后蒸制而成，在蒸至六七成熟时，在醋糕上撒上肉丝、榨菜丝或虾米、香干等诸多配料。一笼醋糕出锅，通常十字开刀，切成四瓣。蒸熟即可食，口感绵软，味道独特。把蒸好的醋糕再度下锅，以菜油煎成两面焦黄，吃起来外脆内柔，香味可口，妙不可言。

常山的醋糕，也被人戏称为"东方披萨"。自己家里蒸醋糕的时候，小孩子往往早就候在灶边了。此时，竹制的蒸笼，隔水搁置在大锅中，水已沸腾；大柴灶的火膛中，火焰旺盛，蒸笼里的醋糕，正在飘荡出绵绵不绝的香气。因此也可以说，常山的醋糕是最具乡愁属性的食物了。

如果游客来到常山，入住城南的华府大酒店，当可以品尝到酒店特意推出的柚香醋糕。这是常山醋糕的"柚香版"，将精心准备的柚皮切丝，与肉丝、榨菜丝或虾米、香干等诸多配料一起撒在醋糕上，蒸出的成品在温暖的发酵米香之外，还有独特的胡柚清香。

胡柚入馔，其实是近年来常山开发出的饮食新特色。当然，如果一定要说一个故事的话，那么，当可以从宋韵讲起，或者，至少也可以从南宋的一道"蟹酿橙"开始讲起。

读者诸君，通过以上场景或故事，您大致可以了解胡柚与常山民众之间的关系，二者是如此紧密，如此日常。甚至可以说，从柚花之香，到柚果之味，早已深深融入民众的生活。

人们常说，常山人最爱的味道是辣，无辣不欢，不

卷肆　回甘

辣不食。不辣还是常山菜吗？不吃辣还是常山人吗？三衢大地的饮食，唯有用"热烈"二字形容，而常山人的味觉记忆里尤有山乡特色，鲜辣，够味。

其实，在辣的另一面，常山人的味觉记忆中还有不可或缺的一道，就是苦与甘。常山人能吃苦，不叫苦，能拼搏，敢奋斗。在这样的拼搏与奋斗里，苦尽而甘来，美好的味道绵绵不绝。刨根问底，这就是常山胡柚的味道，也是生活本身的滋味。

二 文化之力

> 文化的力量是巨大的,
> 任何一个品牌,
> 要想走得远,都要依靠文化。

有人跟刘峰开玩笑:"你就是那个胡柚娃!"

刘峰说:"常山的娃,都是胡柚娃。"

刘峰是一位影视制作人、导演,出生成长在常山。一九九六年,刘峰通过高考,进入浙江广播电视学校(现浙江传媒学院)电视制作专业,后在上海交通大学视觉传达专业学习。到杭州读书时,同学们知道刘峰来自常山,问常山有什么知名特产。刘峰是个山里娃,思来想去,也没有什么好东西。有一次寒假过后,他背着一麻袋胡柚到杭州，分给同学们吃，大家才知道，胡柚的味道，是如此鲜美。

几十年后，依然有同学记得，刘峰每次从老家回校，都会带上几颗胡柚到学校分给大家。

刘峰先在浙江广播电视集团从事影视编导工作，二〇〇〇年前往上海，师从上海东方电视台文艺部原主任、"鬼才"导演黄麒先生，参与创作杨学进的《越走路越宽》、廖昌永的《回家过年》《心里装着谁》、万山红的《守望生命》、夏小曹的小提琴协奏曲《梁祝》等数十首MV，制作过不少城市宣传片以及周小燕、马友友、郎朗、谭盾、祖宾·梅塔、俞丽娜、白先勇等近百部名家文艺专题。

二〇〇九年，刘峰进入上海电影集团《视觉上海》电影工作室，担任执行总监、导演，与团队一起创作上海世博会纪录电影《视觉上海》，并通过中央电视台国际频道向全球一百六十多个国家和地区发行。三年后，在上海创办了吉盛文化传播有限公司的刘峰，受家乡之邀，带领团队拍摄常山城市形象片《行走常山》。

为了拍好自己家乡的宣传片，他带着艺术家、编剧到常山采风，挖掘素材。

那时，各地有个简单的做法，找个明星为城市做代言。刘峰认为，找明星做代言，片子的生命力不长，也不利于转化，不如创造一个卡通形象，与产品、产业结合，这样可对城市品牌形成持续的宣传合力。

这个想法得到县委宣传部的高度认可和大力支持。随后，刘峰与上海美术电影制片厂进行了多轮沟通，对方也被打动。十几年的好朋友说，你家乡的事情，我们一定全力支持。

每个常山人都对胡柚有着深厚的感情，也都藏着一个胡柚的故事。能不能以常山胡柚为原型，创造一个富有常山乡土特色韵味的动漫卡通形象，为常山城市形象代言？

二〇一三年三月，卡通形象"胡柚娃"呱呱坠地，此后，刘峰团队本着打造本土文化IP的想法，创作出了多部富有浓郁民间艺术风格的动画系列片，包括《胡柚娃之胡柚诞生记》《胡柚娃之拜师学艺》等。片子以胡柚娃为主角，以常山的自然人文为背景，讲述了胡柚娃与伙伴们保护家园的故事。这部以地方特产为主角的动画系列片，是一部反映新农村生态文明与文化建设、国家动漫与文旅深度结合的力作、佳作。该系列片在浙江电视台少儿频道播出，平均收视率很高。

《胡柚娃》动画系列片，多次获得新华社、人民日报、央视网、浙江日报、上海电视台、浙江卫视等近百家媒体关注报道与转载，收获了大大小小的荣誉三十多项，并荣获衢州市对外宣传金桂奖一等奖、衢州市宣传思想文化工作创新奖、第四届中国十大动漫形象提名奖、衢州市第二届文艺精品"南孔奖"、中国动画美猴奖配音银奖、中国深圳青年影像节特别创意作品奖、浙江省第十四届精神文明建设"五个一工程"优秀作品奖、浙江省优秀文创项目，并入选浙江省文旅厅文化和旅游IP库、浙江省文化精品扶持工程重点扶持项目等。

《胡柚娃》还亮相了国内外各大节展，参加法国昂西国际动漫节展、"一带一路"伊朗中国文化贸易周、法国戛纳电视节、第十五届中国国际动漫节，吸引了中东、欧洲地区许多国家电视台和影视公司关注，盛赞该片很中国，并得到了新华社特别关注和跟踪报道。

二〇二〇年，常山县委宣传部、上海美术电影制片

胡柚娃

厂、浙江吉盛文化传播有限责任公司联合摄制的动画电影《胡柚娃》完成创作，并作为浙江电影精品为支持院线复苏，举办了首场抗疫公益展映活动，赢得了浙江省电影局、衢州市委宣传部、中国电影家协会儿童电影工作委员会及各大媒体的高度赞赏，还获得了第七届中国金童象儿童电影周年度动画片提名。

《胡柚娃》的成功，为人们带来思考：为什么城市品牌宣传离不开文化？为什么产业品牌塑造也离不开文化？

法国的香水很有名。法国南部的小城格拉斯，是香水的世界、嗅觉的天堂。格拉斯的香水制造技术，被列入世界文化遗产。格拉斯的花卉种植和芳香调配技术，也被联合国教科文组织纳入其受保护的文化宝藏名单。

在格拉斯，其香水制造技术发展已超过五百年。而最开始，在十五世纪时，当地皮革产业发展正盛，当地居民为了去除皮革的臭味，开始使用香水来盖过异味，之后才通过香水制作技艺推动了格拉斯的转型。

随着时间的推移，香水从一种功能性的产品，演变为一种艺术品，一种精致生活方式的象征。格拉斯的香水产业，正是在这场历史的演变中，找到了自己的位置，树立了独特的城市品牌形象。

格拉斯的成功，源于对香水产业的深度挖掘与传承。当地盛产的鸢尾花、茉莉花等芳香植物，为香水的制造提供了丰富的原材料。这里的每一种花卉，都在阳光与土地的滋养下，散发出独特的芬芳。这种独特的地理环境和气候条件，使得格拉斯成为香水生产的理想之地。此外，格拉斯人对香水制作技艺的专注与热情，也为这一产业的发展提供了强大的动力。

香水产业的发展，也给格拉斯带来了经济上的繁荣。作为香水的世界，格拉斯吸引了无数游客与香水爱好者。香氛、肥皂等产品的多样化，展现了法国人对生活品质的追求。在这样的城市中，香水不仅仅是消费品，更是一种生活艺术的体现。当地居民通过对香水产业的参与，不仅提升了自身的经济水平，也为城市的文化传承作出了贡献。

在品牌文化建设上，格拉斯通过其香水产业，将地方特色与文化价值紧密结合。香水不仅是商品，更是格拉斯的文化名片。游客来到这里，既可以品味到香水的芬芳，也能感受到这座城市的历史与故事。格拉斯的香水博物馆，向人们展示了香水的制作过程和历史渊源，使得这项技艺不仅仅停留在表面，而是让香水的文化深入游客们的内心。

格拉斯的香水案例，为其他城市的品牌文化建设，提供了重要的启示。一方面，城市文化品牌的宣传，需要结合其深厚的历史与文化底蕴，同时要将地方文化特色与产业发展相结合，才能形成独特的城市品牌。另一方面，产业的发展更离不开文化的加持。香水产业的成功，正是因为其对制作技艺的重视与保护，才得以传承与发展。

文化是城市的灵魂。格拉斯通过香水产业的成功，向我们展示了如何将文化与经济结合起来，为城市的可持续发展提供一条可行之路。

格拉斯将继续在香水的世界中书写属于自己的传奇。这样的故事，值得很多城市学习与借鉴。

从日本的东京出发，搭乘大约一个半小时的新干线，到达位于日本中北部的新潟县长冈市，再往东南方向驱车约四十分钟，就来到了山古志村，一个拥有上千年历史的小山村。

这是一个深山之中的小村，在冬天的雪季，村庄积雪深度可达三米多。大约两百年前，利用大雪和来自崎岖地形的地下水，山古志村的村民开始养殖鲤鱼。偶然中的某天，村民发现了一条因变异而出生的彩色鲤鱼，因不忍食之，这条漂亮的鲤鱼就被保留下来。历经多年的繁衍，从严酷的自然环境和岁月中奇迹般诞生的锦鲤，以令人惊叹的美丽和鲜艳细腻的色彩闻名于世。从此，山古志这个小村，也作为日本锦鲤的发源地，吸引着来自世界各地的游客。

"一九九七年三月，我第一次来到了白雪皑皑的山古志村。村民们的热情温暖了我。在后来录制的电视节目中，我和好友佐田雅志一起，就我们眼中的山古志村侃侃而谈。二〇〇一年四月，我以散落在木笼村芋川河畔的民居为背景，创作了《雪村》这幅画。当时正是冰雪消融的季节。"这是日本画家原田泰治在《故乡，心里的风景》一书中的话。

二〇〇四年,山古志这个美丽的小山村受到地震的重创,房屋大面积毁坏,村里的大部分主要道路被震坏,整个村子被迫撤离,村民们一度认为他们再也回不去了。

也有一些村民致力于重建山古志村。但是随着人口的外迁和老龄化的现状,山古志村也迟早会消失。画家原田泰治多次来到这个村庄,他决定为山古志村的重建贡献一点力量,于是画下了《山古志村的春天》。

"山上一片新绿,野菜在田里露了头,颜色鲜艳的锦鲤在池塘里游来游去。老婆婆在院子里晒着薇菜。山古志村的春天悠闲宁静,充满了怀旧的味道。"

这是一个有锦鲤文化的村庄,灾后重建的故事。接下来,故事变得很有力量。

二〇二一年十二月,山谷志村宣布了一个前所未有的计划——向全球招募一万名数字村民,构建首个向全球开放的数字村庄。这一项目的发起人竹内遥香(Haruka Takeuchi)女士相信,将一万名数字居民所具备的知识和全部资源汇聚起来,将构建出一个全新的、可持续发展的山古志村。

他们决定发挥锦鲤的文化价值，发行"锦鲤NFT"，与全球一万名数字村民共建家园。

山古志住民公会邀请了两位艺术家，设计了以锦鲤为主题的艺术生成作品。"锦鲤NFT"——NFT，即"非同质化代币"。它借由区块链技术进行数据管理，使系统内的交易历史无法被更改。同时，通过另一项称作"智能合约"的技术，NFT可以基于数字数据来提供唯一性证明。如此一来，NFT就可以向你表明是谁拥有该数字数据。此外，该数据的所有者可以对它进行买卖。

以锦鲤为标志的NFT，得到了长冈市官方的认可。小小的甚至虚无缥缈的NFT，承载着村子仅剩之人的价值认同，凝聚着这些社会价值。它也是一种"虚拟居住凭证"，持有该NFT的人可以来这里居住。

但是，问题在于，真的会有人购买吗？

二〇二二年二月至三月，山古志村开放了两轮共计一千五百个"锦鲤NFT"的售卖，山古志村随即迎来了第一批全球数字村民。生活在上海的大旗，也是山谷志村首批数字村民之一。"偶然间发现的惊喜"，让他在了解到NFT背后的故事时，第一时间就购买了名额。物理上的距离并没有阻隔他对山古志村的关注,大旗经常会通过社交媒体关注村庄的进展。

"数字村民返乡"活动,在一定程度上弥合了数字与现实世界的沟壑。"锦鲤NFT"发行后,不断有数字村民来拜访村庄,这被称作"返乡"。

竹内女士介绍,数字村民来之前,都会提前告诉本地村民准备"回家"了。回到村里,数字村民可以欣赏山古志村的水稻梯田风光,体验紧张刺激的斗牛大会,观赏美丽的锦鲤,听当地村民口述灾后重建的艰辛……

这些不可替代的体验,构建了数字村民对山古志村的归属感,同时也带动了当地民宿的经营以及农产品等本地特产的销售。

一开始,这个"锦鲤NFT"不附加任何实际价值,它只是凝聚了一些回忆、一些认同、一些故事,就足够绽放微弱的光芒。

但渐渐地,"锦鲤NFT"开始拥有实际价值,如土地的使用权等。如今,山古志村已经不单单属于现实村民,它开始蜕变为崭新的"自治村"。通过在区块链上购买"锦鲤NFT"的人们,在世界各地组成了数字村民,一个全球数字关系群体便得以构建。如今，这里的数字村民数量，早已超过了本地居民的人数。

读了上面这个案例，许多常山人大约会和我一样冒出一个问题——

来自常山的胡柚，有没有可能创造出一种"胡柚NFT"的玩法，并用它来连接世界各地的人们？

许多人还在继续讲述胡柚的故事。

当刘峰把"胡柚娃"这个形象引入胡柚产业之中时，"胡柚娃"也就拥有了自己的生命历程，展开了人生的冒险之旅。《胡柚娃之拜师学艺记》《胡柚娃之保护祖宗树》《胡柚娃之仙果奇缘》《胡柚娃之保护水源》……一部接一部的胡柚娃，迈出了全新的文化脚步。

从动画片到动画电影，是同一个IP的不同呈现形态。

"从一开始，团队就认识到，要有一个长远的规划。不仅是单集，而且以后可以组成一部电影。要有电影的架构。"在电影创作中有着丰富经验的刘峰，从一开始，就把"胡柚娃"的定位和艺术标准，定得很高。

电影《胡柚娃》的剧情，脱胎于常山地区的民间故事。相传，胡柚是八仙铁拐李的"妙笔"，他感动于三衢山孝子胡进喜给父亲治病的孝心，遂将仙果种在了人间，造福百姓。二〇一三年最早创作的《胡柚娃之胡柚诞生记》，讲的就是这个故事。

"胡柚娃"动漫形象，作为一个文化品牌，开始有了自己的IP价值。常山向国家商标局申请注册了"胡柚娃"商标，并开发了胡柚娃玩偶、胡柚娃表情包和胡柚娃连环画等各种文创产品。

随着文化力量的不断加持，"胡柚"开始走向更广阔的空间。

来自伊朗的何飞，是伊朗旅游局前驻华代表、中伊旅游文化形象大使，曾担任上海世博会伊朗馆策展人、第二届世博会伊朗馆总负责人。从二〇〇六年开始，何飞长期在中国居住，从事中伊文化交流的相关活动和工作。

二〇一七年，何飞与刘峰在一场中伊文化交流活动中相识。当时，刘峰带着作品《胡柚娃》受邀前往伊朗展播，何飞看完短片，便对胡柚这种水果产生了兴趣。

后来何飞承认,他正是从那时起,便与常山结下了不解之缘。

中伊文化交流活动结束后,何飞从伊朗回到中国。刘峰邀请他到家乡常山游玩。这是何飞第一次来到常山。他初次品尝到了胡柚,那酸甜中微带苦涩的独特口感,让他越吃越觉得有味道。

二〇二一年四月,柚花飘香的时节,常山邀请各地朋友赏花问柚。何飞再一次来到常山,这次,他参观了胡柚种苗培育中心和胡柚基地,了解到了胡柚从种植到深加工的全过程。他想到,一颗胡柚的产业链那么长,竟然可以做出七十多种产品。

惊叹之余,何飞把胡柚发布到了伊朗网站上,这也引起伊朗网民的好奇。何飞心中也萌生出一个念头:是不是可以挖掘出胡柚这种水果背后的故事?

机会很快到来。

当年,中央广播电视总台亚非中心与伊朗纪录片协会联合策划跨国纪录片《伊路向东》,作为这档节目主持人的何飞,便推荐了常山。之后,《伊路向东》第三集在常山正式开机拍摄。

在这一集中,常山胡柚作为主角,展现了一颗小果到富民产业再到农文旅融合撬动农民致富增收的全过程。

这是何飞第三次来到常山。他用自己的心灵,去感受和讲述常山这块土地上的故事。

很快,纪录片《一颗果 一座城》在伊朗国家电视台播出。能说一口流利汉语的伊朗籍主持人何飞表示,将借助文化传播的力量,带领胡柚又一次"出圈"。果然,《一颗果 一座城》在伊朗国家电视台多个频道反复播放,观众触达约一亿人次,新媒体端阅览量近三千万。

胡柚在伊朗火了!

在伊朗国家代表团访华前夕,该片的热播,让常山胡柚化身为两国文化交流"使者",让伊朗人民直观地认识常山、认识中国。

"我发现常山的胡柚和伊朗的柠檬有很多相似之处,胡柚的种植、销售、产业发展的模式非常值得伊朗学习。"

伊朗农业部部长连续两遍观看了这部时长三十二分

钟的纪录片，他大为赞叹，说没想到中国常山有这么好的水果，一只水果能带动一县农民致富。

让刘峰没想到的是，这位农业部长果然在伊朗推广了常山胡柚的经验，把当地的柠檬也做深加工，延伸产业链条，提升农产品价值。

文化的力量，让胡柚成为一座友谊的桥梁。也正是文化的力量，让胡柚成为更有内涵的水果。

同样，当一杯茶拥有了文化，可以走多远？

二〇二二年十一月二十九日，"中国传统制茶技艺及其相关习俗"通过评审，正式列入联合国教科文组织人类非物质文化遗产代表作名录。其中，杭州的两项国家级非遗项目，西湖龙井、径山茶宴，分别作为"中国传统制茶技艺及其相关习俗"的重要组成部分，双双入选"人类非遗"。

径山茶，龙井茶，并称杭州的茶叶双姝，日月同辉，湖山对望。

径山算不上中国名山，但径山寺绝对算是名刹了——径山万寿禅寺创建于唐天宝年间，距今已有一千二百余年，在南宋时被列为禅宗"五山十刹"之首。

讲到径山茶，最重要的故事，要从一千二百多年前讲起，那时唐代法钦禅师在径山之巅开山种茶。青灯古佛，念经吃茶，时间流逝中，慢慢形成了径山茶的禅茶一味。法钦禅师手植的茶树，生生不息，传之后世。

到了宋代，苏东坡四上径山，他每一次上径山，都写下好多首诗。有一次，澄慧禅师一度打算离开径山寺，将想法告诉苏东坡。苏东坡那时是在湖州任知州，写诗赠澄慧，开头四句是，"我昔尝为径山客，至今诗笔余山色，师住此山三十年，妙语应须得山骨"。关于径山之好，苏东坡之诗有着不容置疑的说服力，"至今诗笔余山色"，这径山是有魔力的地方。经他一诗相劝，澄慧遂留在了径山，坚守菩提，直至终年。

径山作为日本临济宗的祖庭，圆尔辨圆、南浦绍明等日本僧人到径山寺参学，不仅把径山的禅法、宋代的文化带到日本，也把径山的茶叶、饮茶制茶的工艺和禅院茶礼的仪轨带到了日本。

圆尔辨圆把径山茶种带到自己的家乡日本静冈，如今茶产业成为静冈的支柱性产业，圆尔辨圆也被尊称为茶祖。南浦绍明则把径山的茶礼仪规传入日本，才有了后来的日本茶道。

南宋禅院的茶礼，在整个镰仓时代不断地传入日本，扎根于日本禅院中，再没有发生大的变化。后来，以大德寺为中心的村田珠光、武野绍鸥、千利休等大师，结合禅院茶礼，开创了日本茶道。可以说，径山万寿禅寺的茶礼，就是日本茶道的源头。

时至今日，日本的一些禅宗寺院，如东福寺、圆觉寺、建仁寺、建长寺等，仍然保留着一种在开山祖师忌日点茶供奉的仪式，名为"四头茶礼"。在日本京都大德寺以及美国波士顿美术馆等收藏的《五百罗汉图》中，形象地展示了南宋时期禅院僧堂生活和法事仪式及点茶吃茶情景。

癸卯深秋，我到日本京都访茶，在东福寺游览，不时可以见到当年径山寺流传过去的珍贵文化遗存；在京都最古老的草庵茶室，妙喜庵中的待庵，这个由千利休留下的唯一茶室中，深入感受茶和茶人的美学精神；还在宇治老街的"三星园上林三入"茶铺，体验了日本的点茶技艺。在行旅之中，心中觉得异常亲切，从一千多年前径山寺出发的茶之精神，在整个东方世界传扬光大，融入东方文化的精神血脉中，源远流长地滋养后世。

一座径山寺，深远地影响了东方的美学、文学、书画、建筑、园林、陶艺、饮食、茶道等众多艺术领域。从径山向外，这一条小路，是一条文化之径，实际上也是一条中华文明传播的大道。

径山脚下的径山村，二十年前还是深山里一个比较落后的村庄，村集体年收入不到十万元，村民的人均年收入也只有四千元左右。如今的径山村已完全不一样。村支书俞荣华，二三十年间学茶、炒茶、做茶，不仅拿到径山茶炒制技艺的第一本高级技师证，如今带领全村做好一篇茶文章，走出一条乡村振兴的"茶之路"。这个村，把吃茶文章做到极致，让绿叶子变身金叶子，成为"全国乡村特色产业产值超亿元村"。

一到周末或节假日，到径山村来的游客就络绎不绝。二〇二三年，径山村集体经营性收入达到二百三十多万元，村民人均收入达到了五万二千元；村内有十家茶企、十二家精品民宿、七十八家农家乐，还有多家文化公司、文创公司入驻。

跟着荣华书记的脚步漫步村中，粉墙黛瓦、小桥流水，茶与禅的细节颇为动人。这个村落，居住的是从径山寺周边整体搬迁下山的五十多户村民，现在这里是"中国禅茶第一村"。禅境寻踪、止步接缘、苏子遗墨、船桥夜遇、围炉煮茶、蔡公斗茶……禅村十景，给整个村庄营造了空灵宁静的禅意。村里举办吃茶节，打响"到径山喫茶去"的品牌。游客来了，除了能吃茶，还能参与采茶、制茶等茶事活动，体验宋代点茶，学习径山茶道，感受径山茶文化的魅力。

一叶径山茶，承载着悠远的中华文明。从陆羽在此著经、法钦禅师于此植茶开始，这一片茶叶所承载的文化，就像河流一样流淌下来，持久地滋养着这一片土地。

在今天，中国的茶，依然是中国文化里最有标志性的风物之一。

而如果没有文化，茶，也不过是一片树叶而已。

（三）时代之果

胡柚的这个大IP,
让原先的一只乡间野果,
变成一只科技之果、
文化之果、共富之果。

福也——

福也——

福也——

（唱）

胡柚满山坡,柚树满山坳,哟——

柚果黄澄澄,又是丰收年,喽——

（喝）

胡柚满山坡,柚树满山坳

胡柚一身宝,常山我骄傲

上天赐我九龙杖
当年路过常山港
因此年年都高产
胡柚好吃又健康
一年四季可以放
时间越长味道赞
越放越甜还不烂
今日你在太公山
客官摘个尝一尝
想吃胡柚来常山
柚农家里千万担
我又喝来又是唱
黄道吉日我在想
全靠手执九龙杖

福也——
八仙过海浪涛涛

卷肆　回甘

　　王母娘娘云中把手招

　　八洞神仙都来到

　　要把胡柚抛一抛

　　福也——

　　一宝下地大吉大利

　　二宝下地二龙戏珠

　　三宝下地三元及第

　　四宝下地四季发财

　　五宝下地五子登科

　　六宝下地六郎报三关

　　七宝下地七姐下凡

　　八宝下地八洞神仙都来到

　　恭祝全县人民幸福万年长

一声喝彩，一串歌谣。

喝彩声入云霄，歌谣响遍柚林。

这是深秋收获时节的胡柚林，作为国家级非物质文化遗产"常山喝彩歌谣"第六代传承人的曾令兵，来到常山江畔的胡柚林间。此时胡柚林里一片丰收景象,一颗颗金黄色的胡柚压弯了枝头,果农们聚在林下,等待开剪今秋的硕果。

胡柚的开采,一般在立冬前后。采胡柚的时节,农村里的劳动力一下就紧张起来,很多在城里上班的人,就纷纷赶回乡下。登梯爬高之类的事情,年纪大的老人吃不消,必须让孩子们请假回来干活。有些人家,孩子即使远在杭州、上海这样的大城市上班,也会赶回老家,甚至有时还带回城市里的同事朋友,一起来感受乡野丰收的喜悦。

福也——

胡柚满山坡,今日来开摘

一来摘出欢天喜地

二来摘出劳动丰收

三来摘出柚农幸福

四来摘出四季发财

开采呗嘞——

开采呗嘞——

喝彩

福也——

　　胡柚的开摘也成为一个节日。每年，在胡柚祖宗树所在地，人们聚在一起，为胡柚开摘举行某种庆祝仪式。对于土地的馈赠，农人们心中充满感激。在某些年份，人们也会举办"柚王"评选活动，将自家果园里最大最好的果实挑选出来，陈列在一起打擂台。一颗颗黄澄澄、圆滚滚的胡柚，整齐摆放在一起，评委对照标准，从胡柚的外观、内质、甜度等方面逐项打分。科技进步以后，还有专门的测量仪器，对胡柚的含糖量及酸性成分等做一个科学测量。

　　日常而具体的仪式与活动，就这样一年年在大地上重演，与胡柚相关的生产生活场景，便也渐渐固定下来。久而久之，大地上的习俗便构成生活的风景，生活的风景便积淀成深厚的文化。

　　与胡柚一样，贡面也是常山的风物特产。贡面，常山人习惯称之为"索面"，这名字里颇有一份古意。索面的制作，并不容易，须得在面粉中掺入山茶油，配以盐水调和，直至最后将面条拉制、晾干，都是手工制作。常山贡面有独特的色、形、香、味，深受本地人喜爱。"常山贡面制作技艺"也入选为衢州市第二批非物质文化遗产。

据史料记载，常山索面早在唐代咸亨年间就开始生产，北宋时大大小小的索面制作场坊就已经遍布城乡。索面之所以成为贡面，据说是有故事的。明朝宰相严嵩，发迹前进京赶考途经常山，饥寒交加、感染风寒，受困于文峰塔下，幸得詹家太公太婆救助，煮以索面饱肚，赠以银两相助。后来严嵩高中皇榜，位居高官，每次回江西分宜老家，或往京城，路过常山时，都会到詹家停留，每回都对鲜美的索面念念不忘。后来，他把索面带到了京城。一日，嘉靖皇帝御驾亲临相府，严嵩以一碗索面招待皇上，皇上品尝后赞不绝口，当即下旨列为贡品，并赐名"银丝贡面"。从此，"银丝贡面"名声远扬。

传说，只归传说，贡面这种特色小吃，已经深深地融入常山人民的生活日常与情感记忆中。在很多重要的日子里，贡面都不会缺席——过生日了，吃一碗贡面，这是一碗象征着久久长长的面条，也就是长寿面了。家里来了客人，煮一碗贡面作为点心。正月初一一大早，一家人的头一顿，也是吃的长寿面，寓意也是天长地久。

常山这一碗贡面，其实是很朴素的食物，食材也不贵，再怎么清贫的人家也都吃得起。富庶之家与清寒之家，在贡面这一点上达成了默契和统一。正月初一的一碗面，生日那天的一碗面，客人进门时热情相迎的一碗面，在富庶之家与清寒之家，几乎没有什么区别。无非是，那一碗贡面底下，卧着几颗荷包蛋。然而荷包蛋嘛，无论面里头藏着几颗，都不是什么大不了的事，常常是情意多于实质。

文化赋予贡面温暖的底色，简简单单的一碗贡面里，藏着浓浓的人情味。如今，常山这一碗贡面已经走出小县城，文化的力量，创新的精神，让它走得更远。在省城杭州西湖边的新侨饭店里，许多外地客人都吃到一碗"永君妈妈的那碗面"。"永君妈妈的那碗面"，正是常山的贡面，白岩松、郭晶晶、施一公等诸多名人都打卡品尝过。在常山，大大小小的民宿、农家乐、餐馆里，想要吃上一碗贡面，那是再容易不过；还有一些文创团队和乡村运营团队，则将贡面打造成具有常山特色的文创产品。精美的礼盒包装、雅致的文化品位，让质朴的贡面变得精致起来。

在拍摄《胡柚娃》动画片的同时，刘峰进一步思考常山城市品牌和风物特产的营销与传播。他想让常山贡面品牌得以产业化，希望将常山贡面推广到更广阔的天地，形成较长的产业链。二〇二三年，刘峰将这一行动付诸实施，他与乡贤张云峰、童根军一起，打造了一处常山贡面非遗体验馆。该体验馆由民俗体验区、贡面技艺制作流程展示区、共富工坊等功能区域组成，制作贡面的匠人，就在这里与游客互动，游客想要品尝贡面，或想购买几挂贡面、几箱胡柚当作随手礼，在这里都能办到。

重新翻开《改革开放后常山胡柚发展大事记》，循着一颗水果的发展脉络，我们依然可以触摸到这片土地上的发展脉搏。

从某种意义上来说，常山县四十年来的社会经济发展，跟胡柚这颗水果紧密相关。

"一九八〇年，常山县农业局特产股在进行柑橘选种时，开始把常山胡柚作为选种对象。十一月，首次对各地选送的胡柚样品进行果实品质鉴定，从此开始了常山胡柚的良种选育工作。一九八四年，第一个常山胡柚优株母本园，在常山林场西峰分场山背岭林区建立……"

在政协常山县委员会编纂的《常山胡柚大事记与亲历口述史》一书中，编者将常山胡柚的发展历史归纳为五个阶段，分别为：

1. 实生繁殖阶段（一九八〇年之前，时间长达数百年）；

2. 品种优选阶段（一九八一年至一九八六年）；

3. 快速增长阶段（一九八七年至二〇〇〇年），在这一阶段，胡柚真正开始大规模种植，发展声势浩大；

4. 产业化经营阶段（二〇〇一年至二〇一八年），这一阶段中，胡柚质量提升、品牌建设与产业转型升级，实现从产品化生产到产业化经营，常山胡柚蹚出一条特色农业产业发展的道路；

5. 全产业链高质量融合发展阶段（二〇一九年之后），在经历了传统特色种植业快速发展壮大，又逐步衰落出现卖难的阵痛后，常山胡柚成功突围，实现了将一只果"吃干榨尽"全产业链的发展蝶变，开启了"百亿"产业新时代。

如果说艾佳和恒寿堂的融合之路，是以常山胡柚为原点，向后端三产服务业的延伸，那么，刘峰的融合梦想，则来自其动漫创作，是以文创为基础所实现的跨界发展。

刘峰是常山本地人，有二十余年电影创作经验。二〇一八年，他联合上海美术电影制片厂，创作了动画电影《胡柚娃》。电影公演后，胡柚娃迅速成为"网红"。

在家乡同弓乡山边村，刘峰利用三十亩土地建设"胡柚娃动漫馆"，让中小学生在此体验、学习动漫作品的制作流程。最后，以胡柚为特色，推动常山融入长三角一体化发展新格局。

（摘自二〇二一年四月九日《农民日报》刊发的文章《常山胡柚如何涅槃？》）

可以说，艾佳、恒寿堂，以及刘峰的文创团队，都探索了一条"以产业之间的交叉融合、跨界思维形成新的产业竞争力"的道路。

"双柚合璧，争创百亿"——常山胡柚的深加工产品，得到空前发展，而三产的深度融合，推动胡柚产业进入全产业链高质量融合发展阶段。

"农业＋研学""农业＋文创""农业＋旅游"；"胡柚＋文化""贡面＋文化""烤饼＋文化"……

这些跨界思维与产业实践，都有赖于创新精神的融入。

在常山，胡柚的这个大IP，让原先的一只乡间野果，变成一只科技之果、文化之果、共富之果。

胡柚的故事，就是要盯牢一个产业，坚持系统思维、叠加赋能，让品牌的价值充分释放。

如今，这个IP还变成了当地共同富裕道路上的核心理念——常山的城市品牌"一切为了U"。

走在常山的大街小巷及公园饭店等公共场所，经常可见"胡柚娃"造型的宣传栏、告示牌。"胡柚娃"的形象，已融入城市的各个角落。

城市品牌"一切为了U"，正是来源于常山的特色农产品"两柚一茶"——胡柚、香柚、山茶油；同时，"U"还代表着"旅游"，代表着共同富裕的每一位创造者和共享者——"You"（你）。

今天，胡柚已书写了一片土地上生生不息的故事。

从一粒种子，到一棵树苗，再到一棵参天大树，一树致富金果。常山的双柚产业，总产值超六十一亿元，带动农民增收十三亿元。

一张牌打到底。由胡柚而旅游，常山将胡柚文化融入旅游专线打造、休闲文化项目建设之中。常山拥有钱塘江宋诗之河、胡柚景观大道，拥有休闲观光、民宿、漂流、采摘游等特色业态。在常山乡野之间行走，不由让人想起曾几的那首诗：

"梅子黄时日日晴，小溪泛尽却山行。绿荫不减来时路，添得黄鹂四五声。"

今日三衢道中，山水之景未曾更易，小溪绿荫、黄鹂鸣唱依旧，而乡村生活早已发生天翻地覆的变化。大江流淌，柚花香气飘荡。当深秋来临，金色的果实缀满枝头。但见那，千年之间，大地之上，来来往往的人都在仰头，眺望那一树树的金黄。

二〇二四年九月三十日完稿
二〇二四年十月三日、四日修改
二〇二五年二月三日又改

后 记

一年多时间里,这本书萦绕在我心头。牵肠挂肚,百转千折。直到最后落下一个句号,心里才感到一阵宽慰。

与我之前的《陪花再坐一会儿》《一日不作,一日不食》《草木滋味》《仪式》等作品一样,这本书也是写给故乡的。但有别于以往的写作,这本书写得并不容易。一是写作题材不一样。以整个胡柚产业的发展为写作对象,我以前没写过。二是写作技术不一样。这本书里,最长的一篇超过了三万字。这在我的散文里,以前没有过。

这本书的文体,有人说是"非虚构",也有人说是"报告文学"。我觉得都不错。记得有一年,在鲁迅文学院读书，大家讨论很多的，是关于一些文体概念的分歧。在我看来，一个作品是什么文体，或者一个文体叫什么概念，并不重要，写得不好才是致命的。

这部书稿最终定名《金果谣》，之前也想过别的一些名字，譬如《胡柚英雄》。纠结很久。七月下旬，在云南西双版纳陪家人休假，放空几天。就在这放空之中，在森林木屋住宿的清晨，雨水哗啦之中，想清晰了这部书稿的结构问题。此事困扰我半年之久，一直悬而不决。清晰结构后，主题方向也更集中，此后，写作才有了重要进展。

我希望自己的写作能挑战难度。每一次写作，都能成为负重攀登，抵达未到过的地方，看见未见过的风景。我警惕驾轻就熟的写作，就像警惕惯性滑行，太过顺滑，也就易流于油腻。在我看来，最好的写作须是带有一点的生涩感，如同书法里的"屋漏痕"。南宋姜夔《续书谱》说："屋漏痕者，欲其无起止之迹。"

我一直有个观点，写作者不能满足于书斋式写作，而必须走到现实生活当中。丰富博大的现实，让人赞叹惊诧的现实，必是写作者的富矿。怎么能对这个纷繁精彩的时代视而不见？脱离时代，不从现实生活中汲取营养，任何写作都会失去前行的意义。

我还有一个想法，写作者不能满足于精致的修辞、轻巧的抒情、文摘体的哲理与诗意，对待散文，也应有开阔性和复杂性的追求。我写过的一些散文，以前常被《读者》这样的杂志转载，也常被中高考语文试卷选作阅读理解的素材。尽管也是值得高兴的事，但我自己还是清醒，也惭愧。简洁明了、明白晓畅、通俗易懂、雅俗共赏，当然都是好的，只是一个写作者还是应该求变，因好的散文作品，当不满足于此。我近年多尝试了一些更复杂的题材，处理更庞大的对象，接触从未触碰过的领域，学习从未掌握过的新知。这些尝试，让写作的边界更宽广。

这部书写成，就放在这里，就像一棵胡柚树，终于结出它的果实，是酸是甜，都只能如此了。写作是最孤独的劳动。无数个偶然叠加在一起，才有了这唯一的结果。感谢常山县委宣传部的邀约，也谢谢本书中写到的每一位朋友，他们向我分享了自己生命里的一部分往事，我也从他们身上看见一个更广阔的时代。感谢浙江人民出版社的编辑莫莹萍,让本书得以以我喜欢的样貌呈现。最后,谢谢每一位读者。你们的阅读,才让我的写作变得有意义。

周华诚

二〇二四年十月三日

于常山稻之谷